「君たち、すぐにその子から離れろ」
「……あ?」

山《やま》本《もと》春《はる》重《しげ》
阿《あ》須《す》崎《ざき》真《ま》琴《こと》

九《ここの》重《え》桜《さくら》子《こ》
穴《あな》熊《ぐま》あゆむ

CONTENTS

第一話　おっさん、無職になる

山本春重《やまもとはるしげ》（三十八歳）は、その日信じられないものを目にした。

「――――なんだ、これ」

彼はいつも通り出社したはずだった。

毎月のサービス残業は、八十時間以上。

上司の無茶振りに応《こた》えるべく、休日返上は日常茶飯事。

それでも彼は、周りの社員が体や精神を壊していく中、無遅刻無欠席で今日まで出勤し続けた。

心身の頑丈さだけが取り柄だと思っている本人にとっては、この事実は決して特別なことではないが、はたから見れば異常であることは間違いなかった。


春重は自分の勤《つと》める会社があったはずの空き部屋で、ただ立ち尽くす。

そう、そこにはもう、何もない。

社長の悪趣味な壺《つぼ》も、直近で販売したがまったく売れなかった美容グッズの在庫も。自分のデスクも、同僚のデスクも、ここにオフィスがあった痕跡が、綺麗《きれい》さっぱり消えていた。

――――ビルを間違えたか？


春重は、一度外に出る。

今週は本当に珍しく、三日も会社を休むことができた。

祝日を含めた三連休。本来であれば、社長に理不尽な理由で呼び出され、いつも通り休日を返上して出社するものだと思っていた。

しかし、今回はそれがなく、春重は違和感を覚えていたのだ。

「三日も休んだから、会社の場所すら忘れたのか。俺はドジだな、まったく」

なんて独り言を呟《つぶや》きながら、春重は歩道からビルを見上げる。

いや、確かにここは、どう見ても自分が勤めている鷹宮《たかみや》商事があったビルだ。

三日休んだところで、新卒から二十年以上通い続けた会社の場所を忘れるはずがない。

「ここにあった鷹宮商事って会社、昨日夜逃げしたらしいわよ～」

「聞いたわぁ～それ！　社長と秘書が会社のお金を横領しすぎて、首が回らなくなったんでしょ？」

「ひどい話よねぇ～」

通りすがりのおば様たちの会話が聞こえてくる。

夜逃げ、そうか、夜逃げか。

春重は納得した様子で手を打った。

ひとまず、今日は仕事がなくなったのだ。

春重はコンビニに寄り、缶コーヒーを購入した。

そして近くの公園のベンチに腰掛け、コーヒーを呷《あお》った。

「――――って、納得できるか！」

叫んだ勢いのまま投げた空き缶が、見事ゴミ箱に叩《たた》き込《こ》まれる。

午前中の閑散とした公園に、三十八歳の嘆きと、空き缶の虚《むな》しい音が響いた。仲間たちとゲートボールに勤《いそ》しむ老人たち、スーツを着たまま項垂《うなだ》れているサラリーマン。

彼らは春重のほうを見向きもしない。

春重のような存在が珍しくないというのが、なんとも世知辛い世の中である。

「参ったな……退職金とか出るのか？」

ベンチに座り、春重は天を仰《あお》ぐ。

三十八歳、独身、無職、童貞。

そんな言葉が、頭の中を駆け巡る。

仕事人間である春重は、女性と付き合ったことがなかった。

出会いを求める時間すらなかったわけだが、それは置いておくとして――――。

問題なのは、仕事がないこと。

春重は、忙しさのあまり、収入をほとんど貯金に回していた。

大きな出費は、五畳ワンルームという狭いアパートの家賃くらいで、月額四万八千円。なかなか家に帰れないせいで、光熱費もほとんどかからず、一万円以下になることもしばしば。さらには趣味と呼べるものもなく、結果として春重には、稼《かせ》ぎがなくともしばらくの間は生活できるだけの貯蓄があった。

ただ、その貯蓄がなんだというのだ。

稼ぎがなければ生きていけない。

このまま新たな職につかなければ、そう遠くないうちに一文無しになってしまう。

品行方正、真面目、堅実――――そんな言葉を正義と信じていた春重にとって、この状況は絶望的だった。

「早く……一刻も早く、職を見つけなければ……」

早々にこの状況を脱しなければ。貯蓄がゼロになってしまう前に。

まさか自分がこの公園で項垂れる側に回るとは、思いもしなかった。

年相応に痛み出した腰を支えて、春重は立ち上がる。

そのとき、ふと、天にそびえ立つ塔が見えた。

――東京スカイツリー。


しかし、それは五年前の名前。

現在の正式名称は、『東京スカイツリーダンジョン』。

三本の足に支えられているその塔は、日本古来の建築の意匠であるそりやむくりが意識されており、まるで天まで届く巨大な木のような、洗練されたデザインだった。

それが、今やどうだろう。

東京のシンボルでもあった、あのスカイツリーは、地中から伸びた禍々《まがまが》しい漆黒の樹木に包まれ、異形の塔へと変化してしまった。

『ダンジョン化』――あらゆる建造物が、突如としてモンスターの蔓延《はびこ》る迷宮へと変化してしまう現象。

初めてダンジョン化が起きたのは、もう五十年ほど前になる。

以来、この世界では珍しい現象ではなくなった。

「ダンジョン……探索者というのは、誰でもなれるものだったかな」

スカイツリーだったものを見上げ、春重は独りごつ。

ダンジョン化した建造物は、その最奥にいるダンジョンボスと呼ばれるモンスターを討伐することで、元の形と機能を取り戻す。

危険な迷宮へ挑み、様々な成果を持ち帰るために戦う者たちのことを、人々は『探索者』と呼んだ。

春重は、堅実な人間である。

少なくとも、彼が就職した鷹宮商事は、決まった給料を必ず支払ってくれていた。

それは至極《しごく》当然のことであり、決して褒《ほ》められるような職場ではないものの、春重からすれば生活は安定している状態と言えたのだ。

探索者は命がけかつ、歩合《ぶあい》制である。

どれだけ危険を冒そうとも、モンスターを倒して手に入れる素材や、『未解明兵器《アンノウンパーツ》』と呼ばれるアイテムを持ち帰れなければ、収入は発生しない。

になるのも簡単。やめるのも簡単。

一攫千金《いっかくせんきん》も夢じゃない。高級車を乗り回す者、海外に大豪邸を建てた者、島を購入し、一国の王のようにふるまう者。いずれも贅《ぜい》の限りを尽くしている。

――――が、その分、命の危険を伴う。

それこそが、探索者。

この世界において、現在もっとも熱い職業である。

「仕事探しは……明日からにしようか」

それは、三十八年間、三百六十五日、一日たりとも休むことなく真面目だった男の、初めての気まぐれだった。

彼の足は、ダンジョンを攻略する探索者たちを管理する事務所、『探索者ギルド東京支部』へと向かう。ギルドは大きなビルを丸ごと一棟所有しており、そこでは日々多くの探索者が、忙《せわ》しなく出入りしていた。

――場違いにもほどがある。

春重の背中に、冷や汗が浮かんだ。

ダンジョン攻略のために、鎧《よろい》や武器を持ち歩いている探索者たち。

そんな彼らの中に、スーツ姿のおっさんが交ざっている。

これを場違いと言わずなんと言おうか。

探索者たちは、珍しいものを見る目で、春重の横を通り過ぎていく。

ともあれ、ここですごすごと帰ったのでは、あまりにも不審者がすぎる。

――仕方ない、一日だけ勇気を振り絞ろう。

春重は、意を決して受付へと向かった。

「ようこそ、探索者ギルドへ。お約束ですか？　それとも登録ですか？」

「と、登録をお願いしたいのですが……」

「承知いたしました。では、登録の間へご案内いたします」

「登録の間……？」

恥ずかしながら、春重は探索者についての知識を、まったくと言っていいほど持ち合わせていなかった。知っているのは、その日のうちに登録できることと、命がけの職業であることくらい。

「登録の間というのは、探索者になるための力と、武器の提供を行う場のことです。すぐに終わりますので、緊張なさる必要はありませんよ」

「そ、そうですか……」

緊張するなと言われると緊張してしまうのが、人というもの。

高鳴る胸を押さえながら、春重は受付の女性について建物の中を歩く。

何を隠そう、この山本春重、病院の検査ですら、緊張マックスで挑む小心者である。

ここに来たのも、半ばヤケになっただけで。

すでに冷静になってしまった頭は、帰りたいという気持ちでいっぱいだった。

しかし、ここで帰れば、この女性の時間を無駄にしてしまう。登録したいと言ったのは、自分なのだ。それすらやらずに帰るのは、情けないにもほどがある。

「ここが登録の間です。あとは中の者の案内に従って、登録をお願いします」

「あ、ありがとうございました……」

「よき探索者ライフを」

女性は頭を下げてから、春重の前を去った。

生唾《なまつば》を飲み込んで、春重は登録の間とやらに足を踏み入れる。

部屋の中心には、まるで黒曜石のような質感の大岩が鎮座していた。

高さは、パッと見で二十メートル以上あるだろう。

その分、部屋の天井《てんじょう》もかなり高く、たとえるならば、学校の体育館のようだった。

「ようこそ、登録の間へ。新規登録希望の方ですね？」

「は、はい……そうです」

「こちらへどうぞ。本人確認書類を提出していただいたあと、登録に移らせていただきます」

春重は、職員の男性に部屋の奥まで案内されたあと、運転免許証を渡した。

「――――山本春重さん、三十八歳……っと。珍しいですね、この歳《とし》で探索者を目指すなんて」

「お恥ずかしいのですが……勤めていた会社が、夜逃げしてしまいまして……」

「え⁉　そ、それは災難でしたね……はい、確認させていただきました。早速ではありますが、探索者について詳しくご説明させていただきます。すでに知っている項目もあるかもしれませんが、規則なので」

男性は、申し訳なさそうに苦笑いを浮かべた。

何も知らない春重からすれば、むしろこの説明は大変ありがたい。

「まず、探索者とは、ダンジョンの最奥を目指し、あらゆる施設の復興を目指す者を指します。……比較的モンスターが弱い浅い層で活動し、収入を得る方々も探索者と呼びますが……大前提として、前者があるべき探索者像です」

「なるほど……」

「探索者になるには、ここにある『覚醒の石碑《せきひ》』に名前を刻む必要があります」

男性が示したのは、部屋の中央に鎮座する、あの巨大な黒曜石のような岩だった。

よく見れば、岩の表面に数多《あまた》の名前が彫られている。

「あの石碑に名前を刻んだ時点で、あなたは『探索者レベル１』となります」

「レベル１……なんだか、ゲームみたいですね」

春重も、子供の頃はゲームで遊んだものだ。

ただ、やたらと厳しい家庭で育ったせいか、新しいゲームはなかなか買ってもらえず、延々と同じＲＰＧを周回していただけだったが。

「みなさんそう仰《おっしゃ》います。不思議ですよね、ゲームでよくあるステータス表が、現実で見えるようになるなんて」

「それなら……ダンジョンでモンスターを倒すと、レベルが上がったりするんですかね」

「その通りです。経験を積めば積むほど、あなたのステータスは上昇し、超人的な強さを手に入れることができます」

――夢のような話だな。


春重は石碑を見上げ、そんなことを考える。

「では、登録を進めましょうか」

男性に連れられ、春重は石碑の前に立たされた。

石碑に触れるように言われ、その通りにする。

ひんやりとした無機質な温度が、手のひらから伝わってきた。

「うおっ」

すると突然、春重の眼前に青白いパネルが出現する。

向こう側が透けて見えていることから、どうやらホログラムに近い仕様のようだが――。

「そこに指で名前を書いてください」

指で？　と疑い半分なまま、春重はパネルに名前を書く。

引っかかりもなく、思いのほかスラスラと書けたことに驚いていると、突如としてパネルが石碑に吸い込まれた。

そして石碑の一部が欠け、『Harushige Yamamoto』という文字が浮かび上がる。

「では、先ほどの青白いパネルをイメージしながら、『ステータス』と声に出してください」

「す、ステータス？」

春重がその言葉を口にすると、再び青白いパネルが宙に現れた。

名前：山本春重
種族：人間
年齢：38
状態：通常
ＬＶ：1
ＨＰ：62／62
ＳＰ：54／54
スキル：『万物支配《ワールドテイム》』『鑑定』

「名前やＨＰが表示されてると思いますが、スキルの欄には何が書いてありますか？」

「あ、これって周りの人には見えないんですね」

「そうなんですよ。最初に目覚めるスキルは、いくつかの基本スキルの中から一種です。すでにマニュアルがあるので、使い方を解説させていただきます」

「なるほど……えっと、スキル欄でしたよね？　……『万物支配《ワールドテイム》』と、『鑑定』の二つがあります」

「ワールドテイム……？　あ、『調教《テイム》』ですね！　あー……そうですか、厄介なスキルに目覚めましたね」

そう言いながら、男性は苦笑いを浮かべる。

その表情は、ひと月の残業時間を新入社員に伝えたときのものに、極めてよく似ていた。

ひと月後には会社に来なくなってしまったが、彼は今頃どうしているだろうか。

「『調教《テイム》』は、モンスターを使役するスキルです。弱らせたモンスターを味方にし、命令を出すことができます」

「……？　それだけなら、使えそうなスキルに思えるんですが」

「うーん……問題は、命令ひとつでＳＰを大きく使ってしまうことと、モンスターの知能が低すぎて、ほとんどの命令を理解してくれないという点なんですよね。知能が高いモンスターはレベルも高いことが多いですし、そうなると、スキルを弾《はじ》かれやすいんですよ」

「えっと……すみません、ＳＰとは？」

「ああっと、失礼しました。ＳＰとは、スピリットポイントと言われる、精神力のことです。スキルを使うためには、この数値を消費しなければなりません。仮に、この数値がゼロになると、意識を失ってしまいます」

「……なるほど。で、『調教《テイム》』はそれを大きく消費してしまうと」

「まあ、はい。そうなってしまいます」

だめだこりゃ――――と、春重は思った。

男性の説明は、春重にとって馴染《なじ》みがないものばかり。十全に理解できたわけではないが、少なくとも、周りからの評価が低いことは理解した。

「ただ、『鑑定』があるのは幸運ですね。こっちは初期スキルとは別ですし、あとからは手に入らない特別なスキルなんですよ」

「へぇ……」

「主に、モンスターのステータスを暴《あば》いたり、アイテムの詳細確認に使えます。ダンジョンを探索する際は、上手《うま》く活用してください」

「……ありがとうございます」

――――きっとすぐに引退するだろう。

男性は、肩を落とす春重を見て、そんな風に思った。

探索者ギルドの職員として、数々の探索者誕生の瞬間に立ち会った。

辞めていく探索者は、最初のスキルチェックで分かる。

まず、最初に目覚めるスキルが弱ければ、ダンジョンの最奥にたどり着くことは極めて難しくなる。モンスターを倒すことは困難で、レベルも上がらない。

当然、それでは収入も得られない。

『調教《テイム》』は、ファーストスキルの中でも、三本の指に入る超ハズレスキルである。

いくら探索を有利に進められる『鑑定』持ちだったとしても、自分では勝てないという現実が可視化されるだけだ。その分、むしろ残酷と言えるかもしれない。

「……初心者用の探索者セットをお渡ししますので、ぜひ活用してください。それでは……よき探索者ライフを」

「はい……ありがとうございました」

別に、何かに期待していたわけではない。

あくまで、探索者登録をしたのは気まぐれであり、職業にするつもりは一切《いっさい》なかった。

しかし、才能がないと言われたら、それはそれで悲しいではないか。

自分の人生から、ひとつの希望が失われたのだから。

「ダンジョンの入り口で、モンスターを一体倒そう……せめてもの思い出に」

そう呟きながら、春重は近場のダンジョンへと向かう。

春重はもちろん、ギルドの職員も、まだ気づいていない。
『万物支配《ワールドテイム》』は、決して『調教《テイム》』ではないということに。

山本春重（三十八歳）の伝説は、今日、この時より始まる。

第二話　初探索

春重《はるしげ》の前には、巨大な洞窟があった。

都心には不釣り合いなその外観は、異質であるあまり、見た者を混乱させる。

ここにはかつて、山手線《やまのてせん》の駅のひとつ、日暮里《にっぽり》駅があった。

現在の名称は、『日暮里ダンジョン』。

外観は似ても似つかないが、ここはまさしく駅だったのだ。

階層は全部で八階層。

比較的、内部のモンスターが弱いため、あえてダンジョンボスを討伐せず、初心者の訓練用施設として残されている。

「ふぅ……本当にやれるのだろうか」

ダンジョンの前に作られた広場で、ギルドで受け取った探索者キットを開ける。

袋に入っていたのは、宝石のあしらわれたサバイバルナイフと、胸当て、そしてコルクで栓がされた試験管だった。

試験管の中には、液体が入っている。

「えっと、ポーションって言ってたっけ？　ＨＰが回復するんだよな？」

試験管は全部で四本。

うち二つは、緑色の液体でＨＰを回復する『ＨＰポーション』。

もう二つは、青色の液体でＳＰを回復する『ＳＰポーション』。

上着《うわぎ》を脱ぎ、ネクタイを外した春重は、ポーションを収納しておくためのベルトを装着した。

――似合わねぇ。

自身の体を見て、春重は思った。

羞恥心を押し殺しながら、胸当ても装着する。

鉄板と革でできた簡単な胸当ては、わずかながらに安心感を与えてくれた。

せめてジャージで来ればよかったと後悔しつつ、春重は入り口へと向かう。

初心者用ダンジョンは、基本的に空いている。

実は、意外と探索者を志す者は少ない。

近年、新人探索者の死亡事故が増加傾向にあるからだ。

探索者は儲《もう》かるという、表向きの情報を鵜呑《うの》みにし、浅い覚悟で踏み込む者が増えたためである。

幸い、初心者用ダンジョンでは死人は出ていない。

それが、春重が思い出受験ならぬ、思い出探索に踏み切った理由である。

「よし……行くぞ」

緊張の面持《おもも》ちで、春重はダンジョンへと足を踏み入れた。

ひんやりとした空気が、彼の頬を撫《な》でた。

洞窟の中は、岩の間に見える小さな鉱石が光源となり、ある程度の視界が確保されていた。

この鉱石は、魔光石と呼ばれている。

洞窟型のダンジョンによく見られる、絶えず光を放ち続ける原理不明の石だ。

春重は手汗を拭《ふ》き、ゆっくりと歩を進める。

――――不気味だ。

ダンジョン内の光景は、テレビや動画サイトの映像を通して見たことがある。

そのときは、なんて神秘的な場所なのだろうと、感動すら覚えたものだが、こうして自分が足を踏み入れてみると、そんな印象は一変。

ここは、おかしい。

春重の本能が、そう囁《ささや》く。

この世界にあってはならない、そうひしひしと感じた。

「ふー……」

気づけば、緊張で呼吸が浅くなっていた。

深く息を吸い、深く息を吐く。

それを何度か繰り返したあたりで、春重の視界に、何か動くものが映った。

ぷるぷると揺れる体に、半透明な体色。

大きなゼリーのような塊が、ぴょんぴょんと跳び回っていた。

「す、スライムか……？」

昔遊んだゲームの敵に、こんなモンスターがいた気がする。序盤の敵であり、その外見の可愛《かわい》らしさから、数多《あまた》のプレイヤーに愛される憎めないやつ。

「モンスターでいいんだよな……これ。えっと、『鑑定』」

春重は、スライムに対して『鑑定』スキルを行使する。

名前：
種族：スライム
年齢：
状態：通常
ＬＶ：１
ＨＰ：19／19
ＳＰ：２／２

スキル：『突進』『吸収』

「名前とか年齢はないんだな……そりゃそうか。誰かのペットじゃあるまいし」

ステータスを見ている春重をよそに、スライムは己のスキルを行使する。

「え？」

ぷるぷると震えた瞬間、スライムは弾《はじ》けるような勢いで、春重目掛けて飛んだ。

「ごっ――」

胸を打つ、強烈な衝撃。

春重はたまらず地面を転がり、激しく咳《せ》き込《こ》んだ。

「ぐっ……ステータス」

名前：山本春重
種族：人間
年齢：38

状態：通常
LV：1
HP：54／62
SP：54／54

今の攻撃で、8のダメージを受けている。

スライムは『突進』のスキルを行使した。

これは、相手に向かって全力で体をぶつけるスキル。

たとえ小さな体でも、スキルの力を得れば、大きなダメージを与えることも可能。

そのことを、春重は身を以《もっ》て味わった。

「あと七回も食らえばお陀仏《だぶつ》か……」

春重が立ち上がると、スライムは再び『突進』を仕掛けてくる。

しかし、今度は当たらない。

注意して見ていれば、それは容易《たやす》く避けられる程度の速度でしかなかった。

「まずはナイフで……」

スライムが着地したところを狙って、春重はナイフを突き入れる。

ぐじゅ、という嫌な感触がして、スライムは体液を撒《ま》き散《ち》らした。

名前：
種族：スライム
年齢：
状態：瀕死《ひんし》
LV：1
HP：4／19
SP：2／2

「だいぶ減ったな……」

ちょうどいいダメージが入ったことで、春重は安心する。

これなら、スキルの発動条件を満たしたはずだ。

スキルの発動方法は、習得した段階で春重の脳内に流れ込んできている。

「『文配《テイム》』！」

そう唱えた瞬間、春重は自身の体から力が抜け落ちる感覚を覚えた。

名前：山本春重
種族：人間
年齢：38
状態：通常
ＬＶ：1
ＨＰ：54／62
ＳＰ：14／54

――ＳＰを40も……。

ＳＰとは、スピリットポイントの略で、精神エネルギーと言い換えることもできる。

ＳＰが減少すると、探索者は強い精神的疲労を感じることになり、ゼロになった者は、その場で気絶してしまう。

しかし、春重は思い出した。

一週間、家にも帰れず、会社に寝泊まりしてまで仕事をこなした日々を。

あのときと比べれば、こんな疲労、ないも同然。

「ど根性……！」

名前：山本春重
種族：人間
年齢：38
状態：通常
ＬＶ：１
ＨＰ：54／62
ＳＰ：１１２／１５２

スキル：『万物支配《ワールドテイム》』『鑑定』『精神耐性』

――なんか伸びとる。

レベルは上がっていないが、何故《なぜ》か急にＳＰ上限が向上し、回復した。

新しいスキル、『精神耐性』を得たことで、彼に蓄積していたこれまでのストレスが、一気に緩《かん》和《わ》された結果である。

それで、肝心のスライムだが。

名前：
種族：スライム
年齢：
状態：命令待機中
ＬＶ：１
ＨＰ：４／19
ＳＰ：２／２

スキル：『突進』『吸収』

「命令待機中……？」

先ほどから微動だにしないスライムのステータスには、そんな言葉が刻まれていた。

第三話　レベル上げ

「命令待機中ってあるけど……知能がないモンスターは、命令を理解できないって言ってたよな」

職員の言葉を思い出す。

しかし、ものは試しという言葉があるように、何事も自分で確かめることが大切だ。

春重《はるしげ》は、スライムに向けて命令を出す。

「と、跳んでみろ」

『……』

すると、スライムがその場で跳ね始める。

どうやら、春重の命令は機能しているようだった。

話が違うと思いつつ、今一度ステータスを確認してみる。

名前：
種族：スライム

年齢：
状態：命令実行中
ＬＶ：１
ＨＰ：４／19
ＳＰ：２／２
スキル：『突進』『吸収』

「実行中か……」

――それならば、と。

「やめろ」

『……』

スライムは、飛び跳ねるのをピタリとやめた。

再びステータスを確認すると、状態の項目が、『命令待機中』に戻っている。

春重は不思議に思った。

職員からあんなに同情されるほど、このスキルは悪いものなのだろうか？

——いや、都合よく考えるのは危険だ。

己を律し、春重は落ち着いて考える。

現時点で、『万物支配《ワールドテイム》』がいいスキルなのか、それとも悪いスキルなのか、はっきりと判断するには材料が足りない。

もっと多くの実験が必要だ。今は何よりも数である。

「……俺を先導して、敵がいたらその場で飛び跳ねろ」

再びスライムに命令を出す。

スライムは微動だにしないが、『命令実行中』になっていることから、命令は届いているようだ。

自分が歩き出さなければ、スライムも進まないのではないかと思い、春重は歩き出す。

すると、案の定スライムがダンジョンの奥へ向かって、ペタペタと音を立てながら進み始めた。

なんとも愛らしいステップ。一生見ていられそうだ。

飛び跳ねるスライムを見て、心にふわりと花が咲いた感覚を覚える。

会社ではよく、度重なる残業でハイになった後輩が、廊下で不思議なダンスを踊っているのを目撃することがあったが、あのときはずいぶんと悲痛な気持ちになったものだ。

「おっ……」

しばらく進むと、スライムがペタペタと飛び跳ね始める。

どうやら、ちゃんと敵を見つけてくれたらしい。

思いつきでやらせてみたはいいものの、目や鼻、耳もないのに、どうやって周辺の状況を理解しているのだろうか――。

一応、白い点のようなものが二つ浮いていることから、もしかするとそれが目なのかもしれないが、確証は持てない。

疑問ばかりがふくらむが、今はそれどころではない。

道の先には、再びスライムが一体。

春重はナイフを構えながら、慎重に歩を進めた。


「ふぅ……」

新たに現れたスライムにナイフを突き立て、春重は息を吐く。

初戦闘から、三時間ほどが経《た》った。

一体、どれだけのスライムを倒しただろう。

スライムを倒すと、液体となって地面に流れてしまう。その際に粘性の高いゼリーを落とすのだが、これはなんの価値もないアイテムであるため、回収する意味がなかった。

いずれそのアイテムも蒸発して消えてしまうため、もはや数を確認する手段は残っていないが、少なくとも、討伐数は百を超えているはずだ。

戦利品は、新たに支配した二体のスライム。

一体では心もとないと思って増やしたのだが、目の保養になるくらいで、今のところは役立っていないようだ。

「ずいぶんレベルも上がったな……」

春重がステータスを開く。

名前：山本春重
種族：人間
年齢：38
状態：通常
LV：8
HP：146／154
SP：123／263

スキル：『万物支配《ワールドテイム》』『鑑定』『精神耐性』『ナイフ（LV2）』『緊急回避（LV2）』

春重は、探索者に対する見識が浅いため、他者と自分を比べることができない。

レベル1から7もレベルが上がったわけだが、それが果たして早いのか、順当なのか、むしろ遅いくらいなのか、まったく判断がつかないのだ。

実際には、彼のレベルアップ速度は、他の探索者の四倍の速さだった。

原因は、春重の周りを飛び回る三体のスライムにある。

『万物支配《ワールドテイム》』の特性、経験値共有。

支配した生物が視認可能な範囲にいる限り、スキル使用者はその生物の分まで経験値を獲得できる。

いわゆる『下僕』という名の仲間を増やせば増やすほど、春重のレベルは上がりやすくなっていくというわけだ。

現時点で、『万物支配《ワールドテイム》』に対して、春重の理解が深まった点がいくつかある。

まず、消費SPは対象のレベルによって決まる。

たとえば、レベル1のモンスターであれば、一律40SP。

そして、一度支配に成功したものは、永久的に支配下に置ける。

時間制限もなければ、命令に対する回数制限もない。

職員の話と少し違うが、思ったより便利なスキルではないか。

モチベーションが大きく上がった春重は、スライム三兄弟を連れて、ダンジョンの中をウロウロと徘徊《はいかい》し始《はじ》める。

こうしていると、いずれ新たなスライムが湧くのだ。

腕時計を見れば、時刻はまだ十四時。

せっかく仕事がないのだから、二十二時には家に帰りたい。

ここにいられるのは、移動時間も考えて残り七時間程度。

春重は、ただ淡々と、現れるスライムを狩り続けた。


「よいしょっと……」

ナイフを突き立てれば、スライムは一撃で液状化する。

『ナイフ（ＬＶ４）』のスキルによって、ナイフの取り扱いが、明らかな上達を見せていた。

こうして強くなっていくのか――――なんて感心しながら、春重は巡回を続ける。

そうしているうちに、気づけば二十一時を回っていた。

予定通り、ここらが切り上げ時だろう。

「ステータス」

名前：山本春重
種族：人間
年齢：38
状態：通常
LV：18
HP：360／368
SP：372／512
スキル：『万物支配《ワールドテイム》』『鑑定』『精神耐性』『ナイフ（LV4）』『緊急回避（LV4）』『索敵（LV3）』

新たに覚えた索敵スキルのおかげで、湧いたスライムがどこにいるのか、瞬時に把握することが可能になった。

おかげで効率が上がり、レベルもかなり上がった。

どうやら、そのスキルに関係する行動をとることで、自然と習得できるようになっているらしい。

「……よし、帰るか」

ナイフをケースにしまった春重は、立ちっぱなしで疲れた腰をさすりながら、ダンジョンを出た。

十時間以上もこんな初心者ダンジョンに滞在した人間は、数十年という長い時間の中で彼が初めてなのだが、本人は知る由《よし》もない。


外に出て、春重はふと気づく。

このスライムたち、どうしよう――。

第四話　新宿ダンジョン

ぺたん、ぺたんと、ダンジョンの入り口でスライムが跳ねる。

春重《はるしげ》は、自分が支配したスライムたちを見て、深く唸《うな》った。

実験のために支配下に置いただけなのだが、十時間も一緒にいると、愛着が湧いてしまう。なんといっても、この跳び回る姿が愛くるしいにもほどがある。

連れて帰りたい――。

春重は頭を悩ませていた。

とにかく、悩んでいた。

街中でスライムを連れ回せば、間違いなく変人だし、下手すれば、ダンジョンからモンスターを連れ出したテロリスト扱いされる可能性もある。

職を失い、おまけに内乱罪で逮捕、まったくもって笑えない。

「……俺の服の中に入れるか？」

思いつきで命令してみると、三匹のスライムは、スーツの裾《すそ》からワイシャツの中まで潜り込んできた。

ひんやりとした感触が肌を撫《な》で、くすぐったい。

「いけるのか……？　これ」

スライムは、自身の形を自由に操れる。

その特性のおかげで、かろうじて服の中に収まってくれた。

ワイシャツがパツパツすぎて、胸元だけボディビルダーのようになっているが。

「……バレることはないだろ」

そう言い聞かせて、春重はようやくダンジョンをあとにした。


「ねぇ、あの人さ、胸元すごくない？」

「わっ！　パツパツじゃん……！　でも、なんか……腕とか足は細いんだね」

「スーツだからそう見えるだけじゃない？　多分ジムとか行ってるんだよ！」

電車に揺られながら、スライムによってパンプアップした春重を見て、若い女性たちがそんな会話を繰り広げていた。

少し離れた位置での会話なのだが、索敵スキルが発達してしまった春重の五感は研ぎ澄まされており、不幸にも聞こえてしまっているのである。

ちなみに、探索者の力を悪用すると、すぐに指名手配されてしまう。

そうなると、二度とダンジョンには入れないし、起こした問題の大きさによっては、見つかり次第死刑――――ということもあり得る。

強い探索者は下手に問題を起こすより、ダンジョンで大金を稼《かせ》ぐほうが大きな利益を見込めるため、非行に走る者は極めて少ない。

――――明日は……どうしようか。

そんな風に考えて、春重は笑った。

昨日まで、仕事のことばかり考えていた。

それが、今日はどうしたことだろう。

体力的にも、精神的にも余裕があり、明日のことまで考えられる。

この充足感を味わってしまえば、前の生活に戻るのはなかなかに困難だ。

「なんか、笑ってるよ？」

「多分プロテインのこと考えてるんだよ。ボディビルダーは、プロテインが大好物だって友達が言ってたし」

違うよ――――頭の中で反論する。

少なくとも、今後はスライムの持ち運び方に気を遣おう。

そう心に決めて、春重は無心を貫くことにした。

◇◆◇

翌日。

春重は早朝から電車に乗っていた。

ダンジョン化してしまった駅は多く、日本にあった元々の路線は、現在ほとんど機能していない。

それに伴い、日本全土には新しい路線、『N《ニュー》・JR』が敷かれた。

駅がダンジョン化しやすい原因は、いまだ不明とされている。

ダンジョン化の法則として分かっていることは、元がなんらかの『施設』であるということだけ。

知名度や規模、どれを取っても、決まった法則は確認されていない。

時には、利用者数の多いターミナル駅。

時には、地方の病院。

時には、閑散としている神社。

自分が利用している施設だって、いつダンジョン化するか分からない。

そういった不安が人々を苦しめている時期もあったが、今はもう適応したのか、ダンジョン化について言及する者はかなり少なくなった。

人類の適応力は恐ろしい。そう語った専門家が、いるとか、いないとか。

春重が向かうのは、『N《ニュー》新宿駅』。

最初は『新新宿駅』になる予定だったのだが、それではあまりにも字面《じづら》が悪いということで、路線名と同じくN《ニュー》がついた。

無骨な外観は、元々あった新宿駅と比べると、ずいぶん小さい。

ダンジョン化の可能性がある以上、下手に商業施設を置けないため、その分簡素な造りになっている。

もっとも様々な路線の起点となっているのは同じで、数多《あまた》の電車が出入りする駅であるが故、N《ニュー》がつく他の駅と比べれば、かなり巨大ではあった。

そんな駅をあとにした春重は、目の前に聳《そび》え立《た》つ『新宿ダンジョン』を見上げる。

誰かが、「新宿駅は広すぎて、まるでダンジョンのようだ」なんて言っていたが、まさか本当にダンジョンになってしまうとは、考えもしなかっただろう。

形状は、日暮里《にっぽり》ダンジョンに近い。

洞窟タイプで、地下に階層が延びている。

ただ、日暮里ダンジョンと大きく違うのは、その階層の数だ。

「推定百階層か……途方もないな」

春重は、スマホで調べた情報を確認しながら、そう呟《つぶや》いた。

現在、平均レベル１００を超える探索者パーティが攻略に当たっているが、彼らの最高到達地点は八十階層。

彼らの攻略経過報告では、深層には規格外のモンスターが多く生息し、罠《わな》も格段に増えているとのこと。

――――俺がそこまで行くことはないんだろうなぁ。

ダンジョンの前で呆けながら、春重はそんな風に考える。

では何故《なぜ》、彼がここにいるのか。

実はこの新宿ダンジョン、浅い階層の敵は、初心者の経験値稼ぎにオススメされるほど弱い。

そして十階層ごとに脱出ポイントがあり、十階層まで進めば、アイテムを使わずとも帰還することができる。

春重のようにチュートリアルを終えたばかりの初心者は、攻略の雰囲気を掴《つか》むため、新宿ダンジョンを十階まで攻略する……というのが、新米探索者の定石とされていた。

「……よし、行くか」

前と同じく、荷物をしっかりと確認した春重は、新宿ダンジョンに向かって歩き出した。

今度はちゃんと、動きやすいジャージ姿で。

第五話　スライム三兄弟

新宿ダンジョンは、階層によって適正レベルに大きな差があるため、数多《あまた》の探索者から重宝されている。

春重《はるしげ》の挑もうとしている十階層は、適正レベル10以上。

探索者として生計を立てている者で、そのレベル帯で成長が止まるという者はまずいない。

故に、浅層を素通りする者は多く、春重のように慎重に探索する者は少ないため、十階層までは極めて空いていた。

「モンスターを気にしている様子がないな……みんなベテランなのか」

談笑しながら通り過ぎた若者を見て、春重は呆気《あっけ》にとられていた。

先ほどから、今のような若者ばかりが奥へと進んでいく。

きっと彼らは、自分と違って相当な手練《てだ》れなのだ。

余裕そうなのは大変羨《うらや》ましく思うが、春重は気を引き締めて、前を向く。

春重は、決して危険を冒したいわけではない。

ダンジョンで生計を立てることは可能なのか、それを確かめるために、ここにいるのだ。

贅沢《ぜいたく》な暮らしはいらない。

平凡に暮らせるのであれば、それでいい。

故に、必要以上のリスクは冒す必要なし。

何度も心に言い聞かせ、春重は慎重に歩を進めた。

「……っと、そろそろ出しておくか」

接敵する前に、春重は体に巻きついていたスライムたちに命令を出す。

すると、ジャージの裾《すそ》からスルスルと三匹のスライムが現れた。

昨日のような連れ回し方では、どうしても嵩張《かさば》ってしまう。

そこで、春重は一晩考えた。

そしてたどり着いたのが、スライムを紐状《ひもじょう》にして、体に巻きつけるという方法である。

一言「巻きつけ」と命令するだけで、スライムは体を細長く伸ばし、それぞれ足と胴に巻きつく。

下半身が若干太くなったように見えるが、ジャージのようにゆったりとした衣類であれば、まあ……誤魔化すことも可能である。多分。

「索敵を頼む。敵を見つけたら、その場で飛び跳ねてくれ」

そうして春重は、スライムを連れながら奥へと進んでいく。

しばらく進むと、突然スライムが飛び跳ね始めた。

どうやら敵を見つけたらしい。

「よし……！」

春重は、気合を入れてナイフを抜く。

道の先に見えたのは、人型の何かだった。

小柄で、顔は醜悪。

肌は毒々しい緑色で、生臭さと獣臭さが混ざったような、なんとも言えない悪臭が鼻をついた。

――――やりにくいな。

人型となると、どうしても抵抗が生まれる。

シルエットというのは、印象を決める上で大きな要因となる。

よく見ればバケモノと分かるし、こちらに殺意を向けてきているのだが、それでもやはり、春重の踏みこみは少々遅くなってしまった。

「ギャッギャ！」

「っ！」

モンスターは棍棒《こんぼう》を振り上げ、春重に飛びかかる。

春重は『緊急回避』のスキルで、華麗にそれをかわした。

「ダメだ……ちゃんと割り切らないと」

そう言い聞かせた途端、春重は腹の底からやる気が湧き上がってくるのを感じた。

これはたった今、新たに獲得したスキル『闘志』の影響なのだが、ステータスを確認していない春重は、まだそのことを知らない。

「『鑑定』」

春重の視界に、モンスターのステータスが表示される。

名前：
種族：ゴブリン
年齢：
状態：通常
ＬＶ：５
ＨＰ：41／41
ＳＰ：７／７
スキル：『棍棒』『繁殖』

ゴブリン、如何《いか》にもな種族名だ。

やはりレベルはだいぶ低い。これならば、立ち回りを気にする必要もないだろう。

春重はゴブリンを間合いに捉《とら》え、首に向けてナイフを振る。

『ナイフ（LV4）』のスキルによって恩恵を得た一撃は、容易《たやす》くゴブリンの首を切り裂いた。

鮮血が飛び、敵の体が崩れ落ちる。

「よかった……ちゃんと首を狙えて」

春重が調べた情報によると、心臓や首といった急所を狙うと、HPへのダメージが倍増するらしい。おかげで攻撃力の低いナイフでも、大ダメージを与えることができる。

「……え？」

春重の目の前で、ゴブリンの死体が黒い霧となって消えていく。

残ったのは、きらりと光る白い何か。

「これは……『鑑定』」

名前：ゴブリンの牙

種別：加工用アイテム
状態：未加工
ＨＰ：10／10

――――触っちゃった。

臭いで分かる通り、ゴブリンの体は清潔ではない。

ヌメヌメしたり、黄ばんでいる様子はないが、この歯もゴブリンの一部だったと考えると、生理的に受け入れがたいものがあった。

しかし、モンスターのドロップアイテムも、売ればいくらかのお金になる。

装備や装飾品の素材にもなるため、持ち帰らないわけにはいかない。

「……仕方ない」

春重は、ゴブリンの牙をウエストポーチに入れた。

牙にもＨＰが設定されていたが、これは耐久性であり、およそ10ダメージ相当の衝撃を受けると、容易く壊れてしまう脆弱《ぜいじゃく》さを表していた。とはいえ、こうして保管しておけば、そういった心配は減る。

このウエストポーチは、ドロップアイテムを集めるために、押入れの奥から引っ張り出してきたものである。

確か、健康のためにジョギングでもしようと思って買ったのだが、仕事が忙しすぎて結局一度も使わなかった、哀愁漂う一品だ。

どういう形であれ、無駄にならなくてよかった。

「レベルは上がってない、か」

日暮里《にっぽり》ダンジョンで戦ったスライムたちは、すべてレベル1から3。

今戦ったゴブリンは、レベル5。

スライムより強いため、倒した際の経験値も多い。

とはいえ、春重のレベルは18。

いくら経験値効率がよくなっても、低レベルモンスターではなかなかレベルが上がらない。

「ギャッギャァ！」

「お、新手か」

春重を見つけたゴブリンが、棍棒を振り回しながら向かってくる。

ふと、足元で飛び跳ねるスライムたちを見る。

名前：すら一郎《いちろう》
種族：スライム
年齢：0
状態：命令実行中
LV：12

HP：98／98
SP：22／22

スキル：『突進（LV2）』『吸収（LV3）』

――――すら一郎たちでも倒せるか？

この男、スライムにちゃっかり名前をつけていたようだ。

スライムたちでゴブリンを倒すことができれば、今後貴重な戦力として扱える。

「ものは試し……ゴブリンを倒せ！　すら一郎！　すら二郎《じろう》！　すら三郎《さぶろう》！」

春重がそう命じると、スライムたちは一斉にゴブリンへと飛びかかった。

第六話　小さな悲鳴

スライムたちを敵と認識したゴブリンは、棍棒《こんぼう》を大きく振り上げた。
それが振り下ろされるよりも速く、すら一郎の『突進』がゴブリンの胴を打ち抜く。
吹き飛んだゴブリンを、すら二郎《じろう》とすら三郎《さぶろう》が追撃。
一瞬にして、ゴブリンの体を包み込んだ。

――うわぁ。

春重《はるしげ》は、ゴブリンの体がドロドロに溶けていくのを見て、目を覆いそうになった。
スライムのスキル、『吸収』の効果である。
『吸収』は、自身の体に取り込んだものを溶かし、養分へと変える。
人間でいうところの、消化運動に近い。

名前：すら一郎
種族：スライム
年齢：０
状態：命令実行中
ＬＶ：13

ＨＰ：１１２／１１２
ＳＰ：26／26
スキル：『突進（ＬＶ２）』『吸収（ＬＶ３）』

「案外あっさり倒したな……レベルも上がってるし、いい調子だ」

昨日の探索のときから思っていたのだが、レベル上げのようなコツコツした作業は、決して嫌いじゃない。

戦えば戦うほどレベルが上がり、レベルが上がれば上がるほど戦いやすくなる。どんどん効率が上がっていくわけだ。

地道な作業だが、必ず結果が出る分、真面目な性格の春重にはよく合っていた。

「ん？」
なんとなく開いた自分のステータスを見て、春重は首を傾《かし》げた。

名前：山本春重
種族：人間
年齢：38
状態：通常
ＬＶ：19
ＨＰ：３８４／３８４
ＳＰ：５４９／５４９
スキル：『万物支配《ワールドテイム》』『鑑定』『精神耐性』『ナイフ（ＬＶ４）』『緊急回避（ＬＶ４）』『索敵（ＬＶ3）』『闘志』

「レベルが上がってる？」

モンスターを倒したのはスライムだ。

自分はまったく戦闘に関与していないのに、何故《なぜ》かレベルが上がっている。

ここで、春重はやっと気がつく。

今思えば、昨日の戦闘は春重だけが戦っていた。

それなのに、スライムのレベルも上がっている。

「俺とスライムたちは、経験値を共有してる……のか？」

正確には、三匹のスライムたちは等倍、春重だけが四人分の経験値を手に入れているのだが、具体的な数字が見えない以上、そこまでのことは彼には分からなかった。

しかし、困ったことがある。

スライムに敵を倒させるのは有効であることが分かったが、一刻も早く戦闘に慣れなければならない自分が、こうしてサボっていていいのだろうか。

「……やっぱり、しばらくは自分で戦うか」

命令を索敵に戻し、春重は新たな敵を探して歩き始めた。

「お」

やがて、春重は下の階層へと続く坂道を見つけた。

これを下れば、二階層へ行くことができる。

十階層までは、モンスターの種類も変わらない。

それならまあいいかと、春重は臆することなく下りることにした。

しばらく進んだところで、すら一郎が跳ねた。

敵を見つけた合図である。

「ギャッギャ！」

「ギャア！　ギャギャギャギャ！」

――――二体か。

春重の視界に映る、二体のゴブリン。

ナイフを構えた春重は、堂々と正面から近づいていく。

『ナイフ』スキルを上げると、ナイフの扱いが上達する他に、威力の高い『スキル技』を習得することができる。

ものは試しと思い、春重はそれを使ってみることにした。

「えっと……『ツインスラッシュ』うおっ」

技名を口にした瞬間、春重の体は勝手に動き出した。

ナイフは光の粒子に包まれ、腕の振りと共に加速。

目にも留まらぬ速度で、二体のゴブリンの首を切り裂いた。

「ひゃあ……一瞬で二回振ってたな、今」

いくら春重が速く動こうとしても、今の技を再現することはできない。
しかし、自分の限界を越える技には、代償がつきもの。
スキル技を使用するには、ＳＰを消費しなければならない。

名前：山本春重
種族：人間
年齢：38
状態：通常
ＬＶ：19
ＨＰ：３８４／３８４
ＳＰ：５３９／５４９
スキル：『万物支配《ワールドテイム》』『鑑定』『精神耐性』『ナイフ（ＬＶ４）』『緊急回避（ＬＶ４）』『索敵（ＬＶ３）』『闘志』

使用ＳＰは10。

「10か……連発するのは怖いな」

ダンジョン探索において、ＳＰはとても貴重だ。

ＳＰが減少した状態での戦闘は推奨されておらず、半分を切ったら、すぐに引き返すべきだと、誰もが口を揃《そろ》える。

引き返す途中でも、モンスターとの戦闘は避けられないからだ。

ＳＰの回復手段は、ポーションを使うか、ゆっくり体を休めるかの二択。

体を休める中でも一番効率がいいのは、睡眠をとることだ。

六時間の熟睡で、ＳＰが完全回復することが分かっている。

残業のせいで四時間睡眠が当たり前になっていた春重にとって、六時間寝ろというのは逆に辛《つら》いものがあるのだが、これはゼロから最大値まで回復するために必要な時間のため、ＳＰ残量によっては短い睡眠時間でも全回復させることは可能だ。

ＳＰは温存するべき。常に慎重な春重は、その教えを愚直に守ろうとしている。

少なくとも、ゴブリンが相手なら、スキル技を使う必要はなさそうだ。

このまま十階層までは、ＳＰを温存することにした。

それから、三階層、そして四階層と、春重は順調に進んでいく。

出てくるモンスターはゴブリンのみ。

罠《わな》らしきものもなく、この調子で進めば、おそらく昼を過ぎる前に十階層にたどり着くだろう。

「そのあとはどうしようかな……」

五階層へ下りながら、春重は考える。

ゴブリンの素材は、大した金にならない。

アイテムも取り尽くされているし、ここにいたのでは、金を稼《かせ》ぐなんて夢のまた夢だ。

春重は、大きな岐路に立たされていた。

再就職の準備を始めるか。それとも、このまま進んで、探索者として生計を立てていくか。

昨日までは、当然再就職するとばかり思っていたのだが、こうも順調だと、やはり考えてしまう。

『稼げる探索者』という、これまでとは違う人生を。

「……まだ二日目だし、もう少しゆっくり考えるか」

結局のところ、春重が選んだのは、判断を後回しにすることだった。

社畜だったときとは違い、今ならそれが通用する。

時間はあるのだ。せっかくなら、今までの分まで贅沢《ぜいたく》に使って、ゆっくり考えたってバチは当たらない。

「ん……？」

五階層の地面を踏んだ瞬間、春重の耳に小さな悲鳴が飛び込んできた。

人間の女性の声であることは間違いない。

様子を見るべく、春重は声のしたほうへと駆け出した。

第七話　支配成功

何が起きているのか分からなかったが、こんなときでも春重《はるしげ》は冷静だった。

索敵スキルを活《い》かして、モンスターとの戦闘を回避しながら、悲鳴のした方向へ走る。

「おい！　大人しくしろ！」

しばらく走ると、男の声が聞こえてきた。

そして春重の索敵スキルが、曲がり角の先に四人の人影があることを察知する。

春重はスライムたちに待機命令を出し、壁に身を寄せ、そっと曲がり角の先を覗《のぞ》き込《こ》んだ。

「いやっ……！　放して！」

「暴《あば》れんなって！　どうせ助けなんて来ねぇんだからさ」

少女が、三人の男たちに組み伏せられている。

恐怖で引《ひ》き攣《つ》った表情を浮かべている少女と、それを見ながらニヤニヤといやらしく笑っている男たち。

どこからどう見ても、最悪の状況だ。

「っ……」

春重は、奥歯を噛《か》み締《し》めた。

男たちに対する怒りと、嫌悪が止まらない。

今まさに、少女の服が剝《は》ぎ取《と》られようとしている。

――このまま見過ごすわけにはいかない。

春重は大きく息を吐いてから、その姿を晒《さら》した。

「君たち、すぐにその子から離れろ」

「……あ？」

少女の服を剝ぎ取ろうとしていた男が、顔を上げる。

耳だけでなく、顔全体にちりばめられたシルバーのピアス。

染め上げた金髪は、手入れをサボっているのか、頭頂部に黒色が目立ち始めている。

体つきはだいぶがっしりしており、近くに立てかけてある大剣は、どうやら彼のものらしい。

その威圧感から、金髪の男がリーダーであることはすぐ分かった。

春重は、そんな彼に対して『鑑定』を使用する。

名前：伊達《だて》琢磨《たくま》
種族：人間

年齢：22
状態：通常
LV：24
所属：黒狼《こくろう》の群れ
HP：407／407
SP：201／221
スキル：『剣術（LV3）』『緊急回避（LV2）』『捕縛魔法（LV2）』

――――つよ。

春重の背中に冷や汗がにじむ。

この状況で助けに入る以外の選択肢はなかったが、さすがに無策すぎたか。

レベル差は5。

大きいと言えば大きいし、そうでもないと言えばそうでもない、そんな数字。経験の少ない春重は、この数字がどれくらいの実力差を表しているのか予想できない。

探索者にとって、レベルの差というのは明確な実力差を表す指標。

ステータスに個体差はあるものの、同じ種族同士でレベルが5も違うのであれば、高いほうが勝利するのは道理である。

春重が圧倒的に不利なのは、間違いなかった。

「チッ、『鑑定』持ちかよ。面倒クセェ」

伊達は顔をしかめる。

『鑑定』スキルは、決して全員が持っているわけじゃない。実はそれなりに貴重なスキルなのだ。

「おっさん、なんか用？　オレらお楽しみ中だったんだけど」

「……その子が嫌がってるだろ。放してやってくれ」

「なんだテメェ……オレに指図すんじゃねぇよ」

大剣を手に取った伊達は、その剣先を春重に突きつける。

なんという威圧感。思わず後ずさりそうになる。

『精神耐性』のおかげで逃げ出さずに済んでいるが、果たしてこの状況をどう打開すべきだろうか。

「ハッ、ヒーロー気取りで飛び込んできた割には、震えて動けなくなってるじゃねぇか」

伊達は、仲間と共に春重を揶揄《やゆ》した。

春重はナイフの柄を握りしめる。

バカにされていることにも腹が立つが、下劣な人間相手にどうすればいいか分からなくなっている自分が、一番許せない。

「……っ」

怯《おび》える少女と目が合う。

今ここで彼女を助けることができるのは、自分だけだ。

ならば、もう腹を決めるしかない。

「やる気かよ、ほんとに面倒クセェなァ」

「琢磨、あいつやっちゃう？」

「ああ、見たところ新人っぽいし、こいつ共々モンスターの餌にしてやる」

そう言いながら、伊達は足元にいた少女を蹴った。

痛みで呻《うめ》いた彼女を見て、春重の怒りが頂点に達する。

「『支配《テイム》』……！」

「は？」

春重は、自身のＳＰがごっそり減った感覚を覚えた。

名前：山本春重

種族：人間

年齢：38
状態：通常
LV：19
HP：384／384
SP：384／549
スキル：『万物支配《ワールドテイム》』『鑑定』『精神耐性』『ナイフ（LV4）』『緊急回避（LV4）』『索敵（LV3）』『闘志』

スキル『万物支配《ワールドテイム》』は、レベル1の相手に対して、40SPを消費する。
そして1レベル上がるごとに、5SPずつ消費量が増える。
つまり、レベル24の伊達を支配するのに必要なSPは、155。
今の春重なら、十分支払える値である。
「お、おい……伊達？　伊達！」
仲間が伊達の体を揺らす。

しかし、彼は直立したままピクリとも動かない。
目は虚《うつ》ろで、とてもまともな精神状態には見えなかった。

名前：伊達琢磨《だてたくま》
種族：人間
年齢：22
状態：命令待機中
ＬＶ：24
所属：黒狼の群れ
ＨＰ：４０７／４０７
ＳＰ：２０１／２２１
スキル：『剣術（ＬＶ３）』『緊急回避（ＬＶ２）』『捕縛魔法（ＬＶ２）』

――――効いたのか。

試しに発動した『万物支配《ワールドテイム》』だったが、まさかこんなに簡単に決まるとは思っていなかった。

これは好都合。リーダーであり、もっともレベルが高い伊達を支配できた時点で、この場は切り抜けたも同然だ。

「仲間を連れて、今すぐダンジョンを出ろ。外に出たら、自分の意思で動いていい。その代わり、二度と人を傷つけるな」

「はい……分かりました」

伊達のステータスが、命令実行中に変わる。

「お前ら、行くぞ」

「だ、伊達？」

「何してんだ、さっさとしろ」

「あ……ああ」

顔を見合わせ、取り巻きは伊達についていく。

横を通り抜ける際、彼らは春重のほうを一瞥《いちべつ》したが、手を出すことなくこの場をあとにした。

――――切り抜けた。

大きく息を吐いた春重は、額の汗を拭《ぬぐ》った。

人間に効くかどうかは、完全に一か八かだった。

たまたま上手《うま》くいったからよかったものの、失敗していれば、自分も少女も命を落としていただろう。

「そ、そうだ……！　大丈夫ですか⁉」

安心している場合じゃない。

春重は、すぐに少女のもとに駆け寄った。

「あ……あなたは……」

少女は呻きながら春重を見る。

名前：阿須崎真琴《あすざきまこと》
種族：人間
年齢：18
状態：瀕死《ひんし》
LV：16
所属：黒狼の群れ
HP：28／312

ＳＰ：２３１／３８８
スキル：『弓術（ＬＶ４）』『緊急回避』『危険感知（ＬＶ３）』『索敵（ＬＶ２）』

彼らに痛めつけられたせいか、かなりＨＰが減っている。
春重はＨＰポーションを取り出し、躊躇《ちゅうちょ》なく彼女に飲ませた。

第八話　懇願《こんがん》

名前：阿須崎《あすざき》真琴
種族：人間
年齢：18
状態：通常
LV：16
所属：黒狼《こくろう》の群れ
HP：228／312
SP：231／388
スキル：『弓術（LV4）』『緊急回避』『危険感知（LV3）』『索敵（LV2）』

「ふぅ……」

回復した彼女のＨＰを見て、春重《はるしげ》は安堵《あんど》のため息をついた。

状態も、瀕死《ひんし》から通常に。

苦悶《くもん》の表情を浮かべていた顔も、今は穏やかになっている。

「その……ありがとうございました、助けていただいて」

壁に背を預けながら、彼女は頭を下げる。

艶《あで》やかな黒髪に、細身のスタイル。

二重《ふたえ》の奥には赤色の瞳があり、幻想的な魅力を放っていた。

探索者になった際に、身体的特徴が変化する場合があるのだが、詳しい原因は分かっていない。

春重の目から見ても、彼女はまさに美少女といった容姿だった。

「ああ、いや――」

自分が口を開いた瞬間、彼女が身を縮こまらせたのを見て、春重はハッと気づく。

今の彼女からすれば、助けに入った自分も恐怖の対象になってしまうのではないか。男として、彼らと同じ扱いを受けることは不服ではあるものの、そんなことより彼女の精神状態が気がかりだった。

「少し離れてるから、落ち着いたら言ってくれ」

「あ……」

春重はそう言って、彼女から距離を取った。

そして武器を離れた位置に置き、地面に座り込む。

ここを離れるべきなのかもしれないが、今の彼女を放置しておくのは、あまりにも危険だ。

せめて彼女が口を開くまで、ここに留《とど》まることにした。

「あの……すみません、お騒がせして」

何も悪いことなどしてないのに、彼女は謝罪しながら春重に近づいた。

少し時間が経《た》って、落ち着いてはいるらしい。

彼女は人ひとり分の間隔を空《あ》けて、春重の隣に腰を下ろした。

「……この距離で大丈夫か？」

「はい。もう落ち着いたので」

苦笑いを浮かべた彼女を見て、春重は心を痛めた。

強がっていることは間違いない。しかし、彼女と自分は初対面であり、加えて女性への接し方にまったく精通していないことから、どこまでが必要な気遣いで、どこからが余計なお節介なのか分からなかった。

春重にできることは、行動の選択を彼女に委《ゆだ》ねることくらいである。

「私、阿須崎真琴って言います」

「俺は山本春重だ」

「山本さんが来てくれて、本当に助かりました」

「偶然だけど、助けられてよかったよ。探索者には……ああいうやつらもいるんだな」

「悪事を働けば、外じゃすぐギルドに見つかりますけど、ダンジョン内は無法地帯ですから……」

春重は、納得した様子で頷《うなず》いた。

ギルドはSPの使用を感知する術を持っている。探索者が街中で暴《あば》れても、すぐに位置を感知され、瞬く間に他の探索者によって制圧される。

しかし、ダンジョン内でスキルを使用しても、ギルドは感知できないのだ。それに感知できたところで、ダンジョンでは数多《あまた》の探索者がスキルを使用するため、トラブルの特定には至らない。

春重も、決して人ごとではないということを理解した。

装備やアイテムを奪おうとする者が襲ってくる可能性だってある。

むしろ、モンスターよりもそういった連中のほうが危険な状況だってあり得る。

「初心者は特に狙われやすいみたいで……それが分かってたから、パーティを組んでもらったんですけど……」

「……まさか、君とパーティを組んだ人って」

「はい……さっき私を襲った人たちです」

そんなの、避けようがないではないか。

春重の中で、卑劣な男たちに対する嫌悪がさらに強くなる。

新宿ダンジョンの浅層は、彼らのような非道な探索者にとって、絶好の狩場だった。もちろん、狩るのはモンスターではなく、真琴のようなルーキーである。

慣れてきた探索者は、浅層を素通りする。彼らからすればゴブリンなどは相手にならないし、早いところ稼《かせ》げる階層へ行きたいからだ。

故に、浅層で何が行われていても、誰もそれに気づくことはない。

無論、ギルドも感知できない。

「山本さんが来てくれなかったら、私は多分、殺されてたと思います」

真琴は、震える声でそう言った。

ダンジョン内での犯罪は、探索者界隈《かいわい》でも問題になっている。しかし、現行犯以外で犯罪者が捕まる可能性は、極めて低い。

「被害者はみんな、モンスターの餌か……」

春重は顔をしかめる。

人の命がいとも簡単に散りゆく場所、それがダンジョン。

探索者がモンスターに殺されたところで、多くの者は「探索者なのだから仕方がない」と口を揃《そろ》えて言うだろう。

「阿須崎さんは、どうして探索者に？　よく調べてるみたいだし、探索者になるリスクについても、ちゃんと理解していたんだろ？」

「それは……」

真琴が言《い》い淀《よど》んだのを見て、春重はしまったと思った。

少々説教くさくなってしまった。おじさんのよくないところが出てしまっている。これでは、被害者になった彼女を責めているかのようだ。

「す、すまない、君が探索者になったことを責めたいわけじゃなくて……」

「大丈夫です。お気遣い、ありがとうございます」

――しっかりした子だな。

毅然《きぜん》とした少女の表情を見て、春重は素直に感心する。

しかし、だからこそ、探索者をしていることが甚《はなは》だ疑問だった。

「お父さんが倒れたんです。だから稼げる人がいなくなって……私、弟と妹がいるんですけど、二人の学費と、家族みんなの生活費……そしてお父さんの入院費も必要で……」

「っ！　それを稼ぐために……？」

「はい。お母さんもパートと家事で忙しいですし、弟たちもまだ小さいので」

春重の目尻に、涙がにじむ。

この歳《とし》になると、涙腺が緩んでしまっていけない。

「山本さんは、どうして探索者になったんですか？」

質問を返された春重は、慌ててジャージの袖《そで》で目元を拭《ぬぐ》う。

「実は、勤《つと》めていた会社が急になくなっちゃってね……せっかく無職になったから、新しい仕事を探す前にこれまでできなかったことをやってみようと思って……」

「な、なるほど……」

大人の世界のことは、まだ高校三年生の真琴にはよく分からない。

しかし、仕事の話をしているときの春重の目があまりにも淀んでいたため、これ以上触れないほうがいいということだけは、子供ながらに理解した。

「……ひとまず、ダンジョンから出ようか。ここにいても、満足に休めないし。外まで送るよ」

「ありがとうございます……あ、あの！」

歩き出そうとした春重を、真琴が呼び止める。

「もし、よかったらでいいんですけど……私とパーティを組んでもらえませんか！」

第九話　パーティ申請

「パーティを組むって……」

一度ダンジョンを出た二人は、安全な場所で話を続けた。

春重《はるしげ》は、まだパーティというものが何を指すのか知らない。

いや、探索者同士が協力してダンジョンを攻略するというのは分かるが、手続きが必要なのか、それとも口約束なのか。そういう点が分からないのだ。

「えっと……俺が受け入れれば、今この場で組めるものなのか？」

「はい。申請すれば、どこでもパーティになれます」

パーティを組むためには『パーティ申請』という言葉のあとに、相手の名前を告げる必要がある。手順はそれだけ。申請はすぐにギルドに届き、受理される。

パーティを組む恩恵は、経験値が分配されること。

「分配……？　それだとひとりの経験値は減るってことだよな」

「確かに減るんですけど、一人当たりの経験値に倍率がかかるんです」

「倍率？」

たとえば、スライムを倒して2の経験値を得たとする。

二人で分けて、ひとり1の経験値。しかし、ここに一・五倍の倍率がかかる。

つまり、ひとり1・5の経験値。確かに得られる経験値は下がるが、多人数での探索は安全度が桁違い。故に高レベルのダンジョンに挑む者ほど、パーティを組むという。

「分配された数値に一・五倍か……そのほうが得に感じるな」

「あとは、ギルドに書類を提出すればパーティ名を決められたりしますね」

――――それはどうでもいいなぁ。

否定的な意見が出そうになるが、春重はなんとかそれを堪える。

世の中には、そこに魅力を覚える人がいる。おっさんになった自分にその感覚は分からないが、なんでもかんでも否定し始めたら、それこそ世の中に置いていかれる気がした。何事も、認めることが大切なのだ。

パーティを組むという話は、春重にとって悪い話ではなかった。

ステータスを見た限り、真琴《まこと》は弓を扱う遠距離タイプ。スライムたちは別として、近接タイプの春重にはありがたい人材だ。

何より、できる限り安全に、そして安定して稼《かせ》ぐことを目標としている春重は、パーティというものに強く惹《ひ》かれ始めていた。

「……分かった、俺でよければパーティを組むよ」

「っ！　ありがとうございます！」

パッと明るい笑顔を見せた真琴は、春重に向けて勢いよく頭を下げた。

真琴にとって、彼はパーティメンバーとして適任だった。

パーティを組むときのコツは、実力差が少ない者を探すことだ。

レベルに大きな差があれば、低いほうに攻略速度を合わせる必要が出てくる。よほどの事情がない限り、そういった差によるストレスは、パーティ崩壊の要因となる。

しかし、新人が減ってきている今日この頃、新人同士がパーティを組めるタイミングも、少なくなりつつあった。

真琴は、前衛がいることでますます輝きを強めるタイプ。なんとしてもパーティメンバーが欲しいという状況で、まさか伊達《だて》という特大の地雷を踏んでしまうとは、ずいぶん不幸な星のもとに生まれたものだ。とはいえ、そのおかげで春重という信頼できる人間に出会えたわけで、すべてがすべて不幸というわけではなかった。

「パーティ申請『阿須崎《あすざき》真琴』」

春重がそう告げると、胸から小さな光の線が飛び出し、真琴と結びついた。

「これで終わりなのか」

「はい。これで同じダンジョン内にいる限り、私たちは経験値を共有できます」

「へぇ……」

何かが変わった様子はない。しかし、ステータスを開いてみると、決定的な違いが現れていた。

名前：山本春重
種族：人間
年齢：38
状態：通常
ＬＶ：19
所属：NO NAME
ＨＰ：３８４／３８４
ＳＰ：３９５／５４９
スキル：『万物支配《ワールドテイム》』『鑑定』『精神耐性』『ナイフ（ＬＶ４）』『緊急回避（ＬＶ４）』『索敵（ＬＶ３）』『闘志』

「所属が追加されてる」

「それがパーティを組んでいる証《あかし》みたいですよ」

なるほど、こうなってくると、パーティに名前がないというのは少々味気ない。ステータスを開く機会は多いし、即席で組んだパーティでもない限り、この欄に『NO NAME』と表示され続けるのは、モチベーションが下がる。

「……あの、ひとつ聞きたかったんですけど」

「ん？」

「さっき、伊達さんが急に帰ったのって、なんだったんですか？」

「ああ、あれは俺のスキルの力らしい」

「らしいって……」

「実は昨日探索者になったばかりで、まだ分からないことだらけなんだ」

申し訳なさそうに、春重は頭を掻《か》く。

その言葉を聞いた真琴は、目を見開いたあと、春重のほうへずいっと身を寄せた。

「あ、あの！　山本さんのレベルっていくつですか⁉」

「え？　19だけど……」

「昨日探索者になったのに、もう19……⁉」

まるで給料に残業分が反映されないことを知った、十数年前の自分のような驚き方を見て、春重は首を傾《かし》げた。

「私、まだレベル16なんですけど……二週間前に探索者になってから、毎日ここに通ってるんですよ？　学校もあるので、常にフルタイムってわけじゃないですけど……この差は一体……」

「……こいつらのおかげだったりするのかな？」

春重のズボンの裾《すそ》から、にゅるりとすら一郎が顔を見せる。

そこが本当に顔なのかどうかは置いておくとして、モンスターの突然の登場に、真琴は小さく悲鳴を上げた。

「きゃっ⁉　す、スライム⁉」

「俺がスキルで使役してる、三匹のスライムのうちの一匹だ。パーティを組むなら、こいつらのことも紹介しておかないとな」

「もしかして『調教《テイム》』スキル……ですか？」

「ん？　ああ、そうだよ。『支配《テイム》』だ」

――――おかしい。

真琴が知っている『調教《テイム》』は、スライムのような知性のないモンスターには通用しなかったはず。誰もが知っているハズレスキル。真琴もそれを知ったときは、引かなくてよかったと胸を撫《な》で下《お》ろしたものだ。

ただ、真琴もまだまだ新米探索者。知らないことは山ほどあるし、『調教《テイム》』ではスライムを使役できないという話は知っているけれど、自分が知らないだけで、裏技がある可能性だって捨てきれない。

大体、人間にも効く『調教《テイム》』とはなんだ？

意識が朦朧《もうろう》としていて、あのときどうやって春重が自分を助けたのか、かなり曖昧だ。ただ、伊達が春重に何かされて、自分の足であの場をあとにしたことは覚えている。

彼自身が「自分のスキル」と口にした以上、考えられることは、『調教《テイム》』が人間に対して発動したという、どの文献にも載っていない事例だけ。

――もしかして私は、とんでもない人とパーティを組んでしまったのでは……？

期待と不安が、真琴の中でかすかに渦巻《うずま》き始めた。

第十話　探索者横丁

新宿ダンジョンの初探索を終えた、その翌日のこと。春重《はるしげ》は電車に揺られ、『N上野駅』に向かっていた。

N上野駅には、探索者が集《つど》う商店街、『探索者横丁』がある。

元々は買い物や食べ歩きの聖地とされていた商店街だったが、現在では探索者用の武器や防具、アイテムの店が立ち並ぶ、まったくの別物と化していた。

ここにきた目的は、当然買い物である。

初心者用武器は丈夫で質のいいものではあるが、如何《いかん》せん攻撃力が足りない。できればちゃんとした武器を買ったほうがいいという、真琴《まこと》からのアドバイスであった。

「前衛の役割を果たせるよう、ちゃんと考えて武器を買わなければ」

昨日はあのまま解散した二人は、再び新宿ダンジョンに挑むべく、探索の日を取り決めていた。

真琴は学校があるため、本格的な探索は、次の土曜日ということになった。

それまでに、春重は装備を整《ととの》えなければならない。

気合を入れて、春重は商店街へと足を踏み入れる。

「おお……ここが探索者横丁か」

商店街は、大勢の探索者で賑《にぎ》わっていた。

欲しい武器のために、値切りに挑む者。新しい回復アイテムの試飲会を行っている店。いくつか残った飲食店で、酒を飲みながら武勇伝を語るガラの悪い者たち。

この商店街もまた、現実から大きく乖離《かいり》した世界であることは間違いなかった。

「……安い店はないかな」

人混みをかき分けながら、春重は商店街の奥へ奥へと進んでいく。

途中、道脇に寄って立ち止まり、都度スマホでオススメの店を調べる。特別コミュニケーション能力が高くない春重に、人と仲良くなって情報を分けてもらうという選択肢はない。彼自身はそれを明確なコンプレックスに感じており、その欠点故にブラック企業から離れられなかったのだと、悔いてすらいた。

しかし、できないものはできない。

ならば大衆の意見を参考にしよう。春重は『探索者横丁オススメ武器屋ランキング』というサイトを頼りに、名前が載っている店から回ってみることにした。

――――本当に混んでるな。

気温は落ち着いているが、こうも人が集まれば熱気も集まる。

じんわりと浮かんだ汗を、サラリーマン時代から使っているハンカチで拭《ぬぐ》い、店を目指して歩く。

やがて店にたどり着くことは叶《かな》ったのだが……。

「そりゃ、オススメの店だもんな」

春重は、ため息混じりにそうぼやく。

ようやくたどり着いた店は、たくさんの探索者で行列ができていた。店の中に入るためには、まずこの行列に並ばないといけない。時間はあるし、それはそれで構わないのだが、辛《つら》いものは辛い。

意を決して並ぼうとした、そのとき。

春重の視界に、妙な空間が飛び込んできた。

「ん……」

誰もが無視する、商店街の一角。店と店の間にある細い道の奥に、光が見えた。

あれはなんなのか。そんな疑問が浮かんだときには、春重はその道に足を踏み入れていた。

そこはゴミの散らばった、生臭さと湿気に満たされた細い道だった。

顔をしかめながらなんとかその道を抜けると、年季を感じるボロい木の扉が見えてきた。

「穴熊《あなぐま》商店……？」

春重は、扉の上に書かれた文字を読み上げる。

ここも探索者横丁にある店のひとつだと認識した春重は、恐る恐るドアノブを捻《ひね》った。

「────久しいね、うちの店に新人が来たのは」

カウンターに座っていた女性は、咥《くわ》えていた煙草《たばこ》を消して、春重を真《ま》っ直《す》ぐ見据《みす》えた。

「ようこそ、穴熊商店へ。さあ、お探しの得物を訊《き》こうか」

すべてを見透かしたような物言いに、春重は面食らってしまった。

彼がぽかんとしていることに気づいた彼女は、豊かな胸を揺らしながら立ち上がる。それは、明らかに下着をつけていない挙動だった。

女性経験のない春重は、年甲斐《としがい》もなく照れ臭くなり、視線を逸《そ》らしてしまう。

「おやおや、とんだ照れ屋さんだね。まあいいや、ちょっと失礼するよ。武器の選び方から教えないといけない素人《しろうと》さんみたいだからね」

「え、ちょっ……！」

女性は春重の手を強引に取り、指を絡《から》めるようにして、満遍《まんべん》なく触っていく。女性の手は、見た目は細く綺麗《きれい》であったが、触れてみるとタコだらけで、やけにずっしりとした分厚い印象を覚えた。

触れたことなどないが、職人の手とはこういうものなのだろうと、春重は漠然と思った。

「ふんふん……なかなか大きいね」

「へ？」

「手だよ。これじゃ小物の取り回しは難しいだろ」

小物という言葉で、彼女が武器について話していることに気づいた春重は、己の持つナイフのことを思い返した。

短いナイフは、柄も短かく、春重の手とは少々合わない部分があった。ナイフスキルのおかげで違和感も減ってきたが、それでもやはり自分に合った武器とは言いづらい。

「あたしの見立てじゃ、あんたに合う武器は両手剣だね」

「あの……あなたは？」

「ん？　ああ、名乗ってなかったね。あたしは穴熊あゆむ。この店の店主で、ついでに鍛冶師もやってる。どうぞご贔屓《ひいき》に」

「や、山本春重です。先日探索者になった新参者ですが……」

「そんなもん、一眼見りゃ分かるよ。珍しいね、あんたみたいな男が探索者なんて。真面目にサラリーマンでもやってそうな雰囲気なのに」

「ははは……色々ありまして」

「大方、会社をクビにでもなったんだろう。世知辛い世の中だねぇ」

そう言いながら、穴熊は煙草に火をつけた。

詳しく説明するのも変かと思い、春重は苦笑いを浮かべてお茶を濁した。

それにしてもこの女性、とてつもない観察眼を持っている。

クビになったわけではないが、仕事がなくなったから探索者になったという点も、きっちり見抜かれていた。

――もはやすべてを見抜かれているのでは？

そんな妄想が展開され、春重の背筋に寒気が走る。

「取って食ったりはしないから、安心しなさいな。さて、そろそろビジネスの話をしようか」

穴熊が煙草をふかす。

そして、まるで誘惑しているかのような視線を春重へと向けた。

「奥に来な。あんたに合った、特別な武器を見繕ってやろう」

第十一話　お気に入り

穴熊は、春重《はるしげ》を店の奥へと連れ込んだ。

薄暗い廊下を抜け、さらに先へ。

――――なんだ、この熱気。

春重は、まるで全身を炙《あぶ》られるような熱に顔をしかめた。廊下を抜け、大きな部屋にたどり着いたとき、まず目に飛び込んできたのは、轟々《ごうごう》と燃え盛る巨大な炉だった。

「ようこそ、あたしの鍛冶場へ」

煙草《たばこ》をふかし、穴熊は得意げに手を広げる。

よく見れば、金属の棒が何本も壁に立てかけられ、鉄板が何枚も床に転がっている。それらはすべて、武器や防具を作るための素材であった。

「この店では、あなたが作った武器を買えるってことですか……？」

「ま、そういうわけさ」

失礼とは分かりつつ、春重はつい穴熊の細腕を見てしまう。

専門的な知識などひとつも持たない春重でも、鍛冶師が力仕事であることくらいは知っている。

とてもじゃないが、目の前の女性にそれだけの力があるとは思えない。

「あたしなんかに、ハンマーが振れんのかって顔してるね」

「な、なんかだなんて……」

「疑う気持ちがあるなら、証拠を見せようか？　ま、それよりあんたに『鑑定』してもらったほうが早いかもしれないね」

挑発するように、穴熊は指をクイクイっと曲げてみせる。

どうやら、春重のステータスはすでに筒抜けであるようだ。

「では、お言葉に甘えて……『鑑定』」

名前：穴熊あゆむ
種族：人間
年齢：31
状態：通常
ＬＶ：１０８
ＨＰ：１９８２／１９８２

ＳＰ：２６９９／２６９９

スキル：『鍛冶（ＬＶＭＡＸ）』『鑑定』『精神耐性』『ナイフ（ＬＶ８）』『短剣（ＬＶ７）』『片手剣（ＬＶ９）』『両手剣（ＬＶ８）』『大剣（ＬＶ６）』『斧《おの》（ＬＶ６）』『槍《やり》（ＬＶ７）』『弓術（ＬＶ５）』『銃撃（ＬＶ５）』『シールド（ＬＶ７）』『杖術《じょうじゅつ》（ＬＶ４）』『体術（ＬＶ５）』『緊急回避（ＬＶ７）』『毒耐性』『空腹耐性』『痛覚耐性』

――――つんよ。

目玉が飛び出しそうになった。

なんだ、レベル１０８って。今の春重では、逆立ちしても勝てそうにない。たとえ『万物支配《ワールドテイム》』を使ったとしても、ＳＰが足りずに失敗してしまう。

「ほら、説得力あるステータスだろ？　なんならもう少し情報をあげようか。スリーサイズなんてどうだい？　まず上から九十……」

「あー！　大丈夫です！　十分ですから！」

「ははは、歳上《としうえ》だってのに、ずいぶん可愛《かわい》い反応するじゃないか」

七歳も歳下の女性にからかわれている。その事実が、春重の羞恥心を煽《あお》っていた。もはや「逃げ出したろうかな」とまで思っていた。

「ふぅ、ま、からかいすぎて逃げられても困るし、仕事の話はビシッとしようか」

座りなよと言って、穴熊は近くにあったパイプ椅子《いす》を春重に差し出す。

これだけ言いたい放題言って、引《ひ》き際《ぎわ》まで完璧とは。お互い『鑑定』スキル持ちとはいえ、春重は穴熊に対し、感心することしかできなかった。

「うちはどんな武器もすべてオーダーメイドで用意してる。客から要望と予算、好みの素材なんかを聞いて、いちから作るわけだ。ま、その分時間はもらうけどね」

「時間っていうと、大体どれくらいですか？」

「んー、平均二日ってところだね。今日頼んでくれたら、土曜日の朝にはできてるよ」

土曜日は真琴《まこと》と共にダンジョンに潜る日だが、武器を受け取るくらいの時間はある。せっかくパーティでの初陣《ういじん》なのだ。いい武器を携《たずさ》えて挑みたいところ。

「最初に言っておくけど、うちは特別な客と、その紹介じゃないと武器を売らない店なんだ」

「え？」

「まあ、売らないっていうか……そもそも店自体が、特別な探索者にしか認識できないようになってるんだけどね」

突然なんの話かと首を傾《かし》げた春重だったが、あれだけいた探索者たちが、誰もあの細い道を気にかけていなかったことを思い出した。単に奥に何があるか知らないだけかと思っていたが、それなら春重のように、興味本位で入ってくる者だっているはず。

それを踏まえて、普通の探索者には認識できないというのなら納得だが、その認識できる条件とやらが気になった。

「うちの店に入れる条件は、ユニークスキルを持っていること。あたしはね、特別な才能を持ってるやつに強く惹《ひ》かれるんだよ」

穴熊は、細めた目で春重を見つめた。

心当たりがあるとしたら、やはり『万物支配《ワールドテイム》』の存在。人間をコントロールできた時点で、自分のスキルが規格外のものであるということを、春重はなんとなく理解していた。

「ユニークスキルがないやつでも、実力で『認識阻害』を突破してくるやつはたまーにいるけどね……ま、それは置いといて。まず予算を聞こうか。ルーキーに好みの素材なんて聞いても無駄だからね」

そりゃそうだと納得しながら、春重は現在の貯金で払える限界の額を伝えた。できるだけ安く済ませたいなどと考えていた春重だが、穴熊のステータスを見て、その考えは変化していた。春重の『直感』が、ここは出し惜しみするなと言っている。

「結構持ってるね、ルーキーにしては」

「ははは……サラリーマン時代の貯金です。使う機会がまったくなかったもので」

「ちなみに、探索者になったのはいつからだい？」

「二日前、ですね」

「……二日前？」

穴熊は首を傾げる。

数多《あまた》の将来有望な探索者と出会ってきた彼女だが、たった二日でレベル19を記録する者など初めて見た。ユニークスキルのおかげだろうか。しかし、穴熊の『鑑定』では、彼のステータスがこう見えている。

名前：山本春重
種族：人間
年齢：38
状態：通常
LV：19
所属：NO NAME

HP：384／384
SP：549／549

スキル：『荳?黄謾ッ縣』『鑑定』『精神耐性』『ナイフ（LV4）』『緊急回避（LV4）』『索敵（LV3）』『闘志』『直感』

気になる点はいくつかあった。

まず文字化けしたスキル。十年以上探索者として活動していた穴熊でも、こんな現象は見たことがない。

それと、スキルの習得速度も異常だ。

春重が店を訪れた際、すでに穴熊は『鑑定』を行っている。そのときは『直感』なんてスキルは存在しなかった。つまり、この短時間でスキルを習得したということ。

スキルを習得するために必要なことは、きっかけと経験。

まずきっかけによって、スキル習得の準備が整《ととの》う。そして同じ経験……たとえば『片手剣』ならば、何度も敵と対峙《たいじ》し、剣を振ることでようやく習得できる。

こんなに早く習得するなんて、とても考えられないのだ。

穴熊あゆむは、面白いものが好きだ。

探索者になったのも、未知への挑戦に興味が湧いたから。

探索者を引退したのは、未知への興味と命の危険が釣り合わなくなったから。

鍛冶師になったのは、自身のスキルを活《い》かして、未知への挑戦という夢を他者に委《ゆだ》ねたいと思ったから。

つまり穴熊は、未知なるものを愛しているのだ。

この男――山本春重は、これまで出会ったことのない、未知の中の未知。彼女が強く興味を惹かれるのは、もはや必然だった。

「あんた、相当面白いね」

「え？」

「個人的な趣味で、あんたに投資させてもらうよ。武器のことは、あたしに全部任せな。絶対に後悔だけはさせないから」

そう言いながら恍惚《こうこつ》とした表情を浮かべた穴熊を見て、春重はちょっとだけ引いた。

第十二話　二人の初陣

「あれ、武器変えたんですか？」

新宿ダンジョン前で春重《はるしげ》と合流した真琴《まこと》は、彼が背中に背負っている両手剣を見て、そう問いかけた。

春重は、照れ臭そうにその剣の柄に触れる。黒を基調とした無骨な印象を受けるそれは、先ほど受け取ったばかりの新品だ。

「いつまでも初心者武器じゃダメだって思ってね、サラリーマン時代の貯金を崩して買っちゃったんだ」

「おお……！　かっこいいですね」

春重もそう思う。

穴熊は、春重に対してこれでもかとサービスしてくれた。まずこの両手剣なのだが、

名前：ブラックルーラー

種別：両手剣（★★★★★）
状態：通常
HP：60000／60000
スキル：『自動修復《オートリペア》』『両手剣補正＋2』

池袋ダンジョンの浅層にいる『黒竜《こくりゅう》』の牙を使用した、最高級の一品。種別の項目にある『★』は、この剣のランクを表している。

ランク6は、現状人間の手で作ることのできる最高ランク。これ以上のランクの武器は、新宿ダンジョンの深層で見つかる『未解明兵器《アンノウンパーツ》』しかない。

少なくとも、レベル20にも満たないルーキーの武器としては、オーバースペックであることは間違いなかった。

胸当てもレギンスも、先日までつけていた装備と比べて大幅に強化されている。これに関しては、サポーターになってくれた穴熊のサービス品である。

「武器屋の店主から話を聞いたんだけど、装備は探索者の命だから、金の出し惜しみはしないほうがいいって。だからまずは、阿須崎《あすざき》さんの装備を強くすることを目標にしないか？」

「そんな……むしろいいんですか？」

「阿須崎さんの装備が整《ととの》えば、その分俺も助かるからさ」

装備が強くなれば、当然モンスターを狩る効率が上がる。金を出し惜しみして弱い武器を使い続けるほど、非効率的なことはない。

「それじゃ、そろそろ行こうか」

「はい」

気合を入れて、二人は新宿ダンジョンの入り口へ向かう。

春重にとっては、初めてのパーティ攻略。自分の命だけではなく、仲間の命も背負うというのは、かなり大きなプレッシャーになる。しかも、真琴は自分と大きく歳《とし》の離れた少女だ。探索者としては向こうが先輩だが、歳上としての意地はしっかり見せなければならない。

「……あれ？」

入り口はもう目の前といったところで、真琴が足を止める。

「どうしたんだ？」

「や、山本さん、ちょっと脇に避けましょう」

春重のジャージの裾《すそ》を引っ張り、真琴はダンジョンの入り口から離れる。何事かと困惑していると、春重の視界にひときわ存在感を放つ者たちが映った。

「あの人たち……『アブソリュートナイツ』です」

「あぶそりゅーとないつ？」

「平均レベル100超えの、国内最強の探索者パーティですよ」

圧倒的な迫力を持つ武器防具を携《たずさ》えた、若き男女の集団。彼らが歩を進めるたびに、近くにいた探索者たちは慄《おのの》きながら道を開ける。

先頭を行くのは、パーティリーダーである『神崎《かんざき》レオン』。

ハーフが故の美しい天然の金髪に、鋭い眼光。身を包む銀色の鎧《よろい》はギラギラと輝き、腰の剣と背中の盾からは、その殺傷能力がオーラとして立ち上っているように見えた。

「確か神崎さんのレベルは、140を超えてるって聞いたことがあります」

「とんでもないな……」

一体どれだけ戦えば、そのレベルに到達するのだろう。

今の春重には、想像することすらできない。

「神崎さんの次に有名なのは、その後ろにいる『九重桜子《ここのえさくらこ》』さんですね」

春重の視線が、二本の刀を腰に携えた、赤い髪の女性に向く。

しゃんと伸びた背筋は品の良さを伝え、足音ひとつ立たない歩みは、彼女が武芸者であり、達人であることを表していた。

「ネットの噂《うわさ》ですけど、あの人もレベル130は超えてるとか……」

「最前線パーティってやつか……バケモノ揃《ぞろ》いだな」

「この人数で潜るってことは……きっと、百階層到達を目指すんでしょうね」

新宿ダンジョンは、現在八十階層まで攻略されている。それより先の階層は、まだ誰も踏み込んだことすらない。彼らが醸《かも》し出《だ》す張り詰めた空気は、必ず未踏の地を制覇するという決意の表れだった。

「俺たちには遠い話だな……」

「そうですね……」

そもそも、ここにいる二人は彼らほどの探索者を目指すつもりがない。

特に春重は、彼らのように危険を冒してまで未知を追い求めるつもりは一切《いっさい》なかった。人間、何事にも限界というものがある。

無理せず、堅実に。

前回潜ったときと同じように、何度も何度も自分にそう言い聞かせる。

いつしかこれは、春重のルーティンとなっていた。


アブソリュートナイツがダンジョンに潜ったあと、春重たちもそれを追った。間もなく十階層を突破し、彼らは初の十一階層に足をつける。

とはいえ、十一階層も特に景色は変わらない。鍾乳洞《しょうにゅうどう》のようなごつごつとした壁、所々に埋まった魔光石。道の分岐もまだまだ少なく、特に迷うことなく進むことができるだろう。

「じゃあ、俺が前、阿須崎さんが後ろで」

「はい、お願いします」

真琴は背中にあった弓を取り、矢を番《つが》えた。

フォーメーションは、前方にすら一郎とすら二郎《じろう》。そして春重、真琴と続き、最後に後方からの奇襲を防ぐべく、すら三郎《さぶろう》がしんがりを務《つと》める。

「よし、行こう」

リーダーである春重の号令と共に、二人と三匹は、十一階層の攻略を開始した。

第十三話　驚異的な成長

名前：
種族：ヘビーリザード
年齢：
状態：通常
LV：9
HP：177／177
SP：20／20
スキル：『火球』『嚙《か》みつき』

名前：

種族：ブラックウルフ
年齢：
状態：通常
LV：11
HP：201／201
SP：5／5
スキル：『鉤爪《かぎづめ》』『嗅覚探知』

春重《はるしげ》の視界には、二体の魔物のステータスが表示されていた。

どちらも初見の魔物であるが、今の二人なら十分討伐できるレベルである。

「阿須崎《あすざき》さん、手前の狼《おおかみ》を俺が引きつけるから、奥のトカゲを頼む」

「はい……！」

春重は両手剣を構え、ブラックウルフへと突っ込む。

その両手剣、ブラックルーラーには『両手剣補正＋2』というパッシブスキルが備わっている。

これには『両手剣』スキルのレベルが二つ向上するという効果がある。

名前：山本春重
種族：人間
年齢：38
状態：通常
ＬＶ：19
所属：NO NAME
ＨＰ：３８４／３８４
ＳＰ：５４９／５４９
スキル：『万物支配《ワールドテイム》』『鑑定』『精神耐性』『ナイフ（ＬＶ４）』『緊急回避（ＬＶ４）』『索敵（ＬＶ３）』『闘志』『直感』『両手剣（ＬＶ３）』

いつの間にか手に入れていた『直感』スキル。そして補正を得てレベル3になった両手剣スキル。これらを組み合わせることで、春重はブラックウルフに対する理想的な一撃を導き出した。

「ふッ！」

息を吐きながら、春重は剣を振るう。黒い一閃《いっせん》が宙を駆け抜け、回避行動を取ろうとしたブラックウルフの体を、深々と斬り裂いた。

鮮血が舞い、そのままブラックウルフは崩れ落ちる。

それをきっかけに、ヘビーリザードは春重をもっとも大きな脅威と認識した。意識が自分から外れた瞬間。真琴《まこと》はこの瞬間を待っていた。

「……そこ！」

引き絞った弓から放たれる、鋭い矢。

スキルレベルで得た補正によって、岩をも穿《うが》つ威力を持つその矢は、即座にヘビーリザードの脳天を貫いた。

ヘビーリザードは一歩も動けぬまま、伏せるようにして絶命する。

「一撃か……凄《すさ》まじいな」

モンスターの脳天に突き刺さった矢を見ながら、春重は感心する。

「山本さんの剣もすごかったですよ。今日初めて使ったんですよね？」

「ああ。この剣自体のスキルのおかげだよ」

よっこいしょと言いながら、春重はブラックルーラーを背中に納める。

「いいですね、武器にスキルがついてるの。羨《うらや》ましいです」

「そういう阿須崎さんも、補正なしで『弓術』レベル4って、結構すごいと思うんだけど」

「元々弓道をやってたからなのか、探索者になったときには、すでにレベル3だったんですよね」

「へぇ……そういうこともあるのか」

初期スキルは探索者ごとにランダムだが、本人がこれまで培《つちか》ってきた経験によっては、スキル発現に大きな影響が出ることが分かっている。

真琴のように弓道をやっていた者は『弓術』スキルが目覚めやすく、剣道をやっていた者は『両手剣』や『片手剣』に目覚めやすい。さらに元々の練度によって初期値が上がることもあり、最大でレベル5からのスタートが確認されていた。

「頼もしいな。今の調子で頼む」

「こちらこそ。前衛はお任せします」

二人とも、コンディションは最高だった。

足並みを揃《そろ》え、二人はさらに奥へと進んでいく。


ヘビーリザードは皮、ブラックウルフは爪をドロップする。

どちらも素材としては大したものではないが、それでもひとつ五百円程度に換金できる。合計で四十匹も倒せば、それぞれ一万円の収入が見込める。

ダンジョン化によって物価が上がり、日給一万円というのはなかなか厳しい収入だが、ならばその分多く倒せばいいだけのこと。

「よっこいしょっと」

熟《こな》れてきた春重が、ブラックウルフの胴体を両断する。死体はすぐに粒子になり、漆黒の爪だけが残った。これまでに二人が倒したモンスターの数は、六十匹を超えていた。一人当たり一万五千円の収入である。

――――順調だな。

ここまで一切《いっさい》苦戦することなく探索を進められている。

油断は禁物。そんなことは百も承知だが、すでに二人はこの階層を鼻歌でも歌いながら素通りできるくらいには、大きな成長を遂げていた。

名前：山本春重
種族：人間
年齢：38

状態：通常
ＬＶ：25
所属：NO NAME
ＨＰ：５４４／５４４
ＳＰ：７８２／７８２
スキル：『万物支配《ワールドテイム》』『鑑定』『精神耐性』『ナイフ（ＬＶ４）』『緊急回避（ＬＶ５）』『索敵（ＬＶ４）』『闘志』『直感』『両手剣（ＬＶ５）』

レベルが上がれば上がるほど、身体能力も向上する。

それとスキルの成長も相まって、彼らの実力はすでに三十階層を余裕で制覇できるほどの段階に到達していた。

「よし、そろそろ階層を進めようか」

「……はい」

弓を背中に納めながら、真琴は前を行く春重の背中を見る。

――おかしい。
自分の体に起きている変化に対して、真琴はただ困惑していた。

名前：阿須崎真琴
種族：人間
年齢：18
状態：通常
ＬＶ：23
所属：NO NAME
ＨＰ：４８７／４８７
ＳＰ：５１１／５１１
スキル：『弓術（ＬＶ６）』『緊急回避（ＬＶ２）』『危険感知（ＬＶ３）』『索敵（ＬＶ３）』『集中』『装填速度上昇』

レベル16のときから、真琴はレベルの伸び悩みを感じていた。次のレベルに上がるための必要経験値が、爆発的に増えた感覚があったのだ。

しかし、この階層での戦闘を経《へ》てレベルが7も上がっている。

敵のレベルが上がり、狩りの効率も上がったとはいえ、ここまで一気に成長するのは不自然でしかない。

真琴自身が特別なスキルを覚えた様子はない。つまり、理由は春重にあると考えられる。

すべての理由は、彼が索敵用として配置しているスライム三兄弟にあった。詳しい計算式は省略するが、彼らがいるだけで、春重たちの得る経験値には二・五倍もの倍率がかかっている。

計算上、ソロで倒したときよりも多くの経験値を手に入れているのだが、二人はそんなことを知る由《よし》もない。

第十四話　新しいステージ

「ついに二十階層か……」

「思ったよりも早く感じましたね」

春重《はるしげ》たちは、拍子抜けしていた。

警戒に警戒を重ね、スキル『索敵』と、スライムによる索敵を併用し、とにかく慎重に歩を進めたこの数時間。

レベルも上がったし、スキルも増えたし、多くの素材も拾えた。

しかしながら、あまりにも順調すぎる探索が、逆に二人の不安を煽《あお》っていた。

――――俺たちは、一体どこまで行けるんだ……？

春重は額に浮かんだ汗を拭《ぬぐ》う。

今二人は、己の欲望と戦っていた。この調子なら、もっと深層に挑んでも十分安全に探索できるかもしれない。

ただ、それも一歩間違えれば、死に直結する。

冷静に選択しなければならない。

まだ時間は十分残っているし、二十階層付近で狩りを続ければ、稼《かせ》ぎも増える。安全を第一に考える春重には、その選択肢もひとつの候補だった。

「……いや、ここは攻めたほうがいい……よな？」

「え？」

「『直感』だけど、そう思ったんだ」

春重は、己のスキルを真琴《まこと》に説明した。

『直感』は、行動を起こそうとした際に、それが自分にとってマイナスになるかどうかを感覚で教えてくれるスキルである。

このスキルによって、春重は前進することが悪手ではないと判断した。

今までの春重であれば、この決断は下せなかっただろう。

「……分かりました、リーダーに従います」

真琴は、決意のこもった目で春重を見つめた。

春重の判断には、射幸心《ギャンブル》ではなく、納得できるだけの根拠がある。それが真琴を安心させた。

「よし、行ってみよう。引き続き、身の危険を感じたら即撤退で」

「はい！」

こうして二人は、二十階層の脱出ポイントをスルーして、二十一階層への道を歩き始めた。

名前：
種族：サイクロプス
年齢：
状態：通常
LV：15
HP：301／301
SP：0／0
スキル：『棍棒《こんぼう》』

身長三メートル近いひとつ目のバケモノが、春重に向かって巨大な棍棒を叩《たた》きつける。春重はすぐに『緊急回避』スキルで棍棒を避け、すれ違いざまにサイクロプスの胴を切り裂いた。

――――浅い。

噴き出した血の量を見て、春重は顔をしかめた。

サイクロプスの肌は、ザラザラとして硬い。回避しながらの攻撃では踏み込みが足りず、決定打とはならなかった。

「そこ……！」

直後、真琴が気合と共に放った矢が、サイクロプスの唯一の目に突き刺さる。体を仰《の》け反《ぞ》らせたサイクロプスは、そのまま崩れ落ちるように絶命した。やがて体は粒子となり、辺りには数本の太い骨が散らばる。

名前：サイクロプスの骨
種別：加工用アイテム
状態：未加工
ＨＰ：20／20

「すら一郎《いちろう》、頼む」

春重が指示を出すと、すら一郎はサイクロプスの骨を自身の体で包み込んだ。スライムの『吸収』で体に取り込んだものは、本来すぐに消化されてしまう。しかし、春重が「消化するな」と命令することで、スライムは立派な荷物持ちになった。

ちなみにこれは、真琴の発想である。

「やっぱり、サイクロプスは目が弱点みたいだな」

「ですね。その分皮膚が硬いから、近接タイプだけだと苦戦するのかもしれません」

このフロアは、サイクロプスの巣窟《そうくつ》になっていた。ヘビーリザードなどと比べて、サイクロプスは格段に強い。しかし、群れで行動しないという特徴があるようで、パーティを組んでいる春重たちにとっては、大した脅威にはならなかった。

「この調子でどんどん狩ろう。ここは稼ぎどころだ」

「そうですね……！」

今のところ、二人は三十階層を越えるつもりはなかった。

サイクロプスの骨は、ひとつ八百円ほどで買い取ってもらえる。実力的に、危険はほぼ皆無。経験値と金を稼ぐなら、二人はここがベストだと判断した。

『索敵』スキルでサイクロプスの気配を探知し、瞬時に討伐する。

次第に慣れてきた春重も、自身の剣でサイクロプスの首を刎《は》ねることに成功し、大きな成長を実感した。

敵の湧きが悪くなってきたら、次の階層へ。新たな階層で狩りを再開し、危険度が変わらない三十階層まで同じことを繰り返す。

二人とも、単純作業は嫌いではなかった。淡々と、ただ狩り続ける行為に、楽しみさえ覚えていた。驚異的な集中力を発揮しながら、一時間、また一時間と時間が過ぎていく。

我に返った春重がステータスを開くと、そこに表示された数字は驚くべき変化を遂げていた。

名前：山本春重
種族：人間
年齢：38
状態：通常
LV：36
所属：NO NAME
HP：892／892
SP：1013／1013

スキル：『万物支配《ワールドテイム》』『鑑定』『精神耐性』『ナイフ（LV4）』『緊急回避（LV7）』『索敵（LV6）』『闘志』『直感』『両手剣（LV7）』『空間跳術《くうかんちょうじゅつ》（LV3）』

『空間跳術』は、鋭い踏み込みによって一瞬で敵の懐《ふところ》に入り込む移動スキル。サイクロプスに深手を負わせるためには、恐れず至近距離に踏み込む必要があった。それを繰り返しているうちに、習得できたスキルである。

名前：阿須崎《あすざき》真琴
種族：人間
年齢：18
状態：通常
LV：34
所属：NO NAME
HP：721／721

ＳＰ：７８９／８０４
スキル：『弓術（ＬＶ８）』『緊急回避（ＬＶ３）』『危険感知（ＬＶ４）』『索敵（ＬＶ４）』『集中』
『装填速度上昇』『魂力矢《ソウルアロー》（ＬＶ３）』

自身のステータスを見て、真琴は苦笑いを浮かべた。

あまりにも強くなりすぎている。体の調子はどんどん上がり、できることも増えてきた。

『魂力矢《ソウルアロー》』は、ＳＰを使って矢を生み出すスキル。一本３ＳＰで生み出すことが可能であり、このスキルによって、真琴の矢はほぼ無限になった。

「かなりレベルが上がったな。これなら次回は三十階層よりも下を目指せるかもしれない」

「……そうですね」

みんなこういうものだと思っている春重と、自分の成長速度に違和感しかない真琴。春重が彼女の気持ちを理解するのは、まだまだ先の話である。

「……ん？」

二十八階層に下りてすぐ、春重は前方に目を凝らした。

見えたのは、パーティと思われる数名の探索者。休憩中なのか、彼らは地べたに腰を下ろして談笑している。

「このフロア、結構人がいますね」

「ああ、確かに」

『索敵』によって、二人は近場にある気配を把握した。

上の階層で他の探索者にほとんど出会わなかったのは、ルーキーの数が極めて少ないからだ。

春重たちは、ついに初心者を卒業した。ここからは、モンスターを狩るために、数多《あまた》の探索者との競争に身を投じる必要がある。

ステージが変わったことを理解した春重は、柄にもなくワクワクしていることを実感した。

第十五話　換金

「はー……腰いた」

新宿ダンジョンを出た春重《はるしげ》は、いつものように腰をさすった。探索は無傷で済んだし、HPもまったく減っていないのにもかかわらず、腰だけが痛いというのはなんとも不思議な話である。

「え、ダメージ受けてましたっけ？」

「いや……その、まあ、色々とな」

節々の痛みとはまったく無縁の真琴には、春重の気持ちは分からないだろう。歯磨《はみが》き中《ちゅう》に嘔吐《えず》いたり、油っこいものを受けつけなくなったり、枕元に落ちている毛が増えたり……日に日に衰えを感じる自分と比べて、真琴は肌もぴちぴちだし、背筋もピンと伸びている。

男のプライドとして、せめて印象だけでもよくしようと思った春重は、猫背気味になっていた背を伸ばし、ボサボサの髪を整《ととの》えようとした。

本人も理解しているが、整えられたとは言っていない。

「……夕方になると探索者が増えるから、効率が落ちるのか。勉強になったな」

春重は入り口のほうを振り返る。朝はスムーズに入れた新宿ダンジョンだが、今は多くの探索者でごった返していた。

新宿ダンジョンは、日本有数の大人気ダンジョン。アクセスがいいことと、様々な探索者のレベルに適した階層が存在することが、その理由である。

春重たちは、他の探索者との獲物の取り合いを避けるべく、ダンジョンを出た。今後、三十階層以降で獲物の争奪戦は避けられない。しかし、わざわざ競争相手が多いときに挑む必要はない。

二人の共通点は、朝に強いことだった。

始発で出社することがざらだった春重、日々弓道部の朝練に出ていた真琴。話し合った二人は、今後は人の少ない早朝をメインに活動すると決めた。

「そう言えば……阿須崎《あすざき》さん、部活はどうしてるんだ？　まだ高三だろう？」

「探索者になるために、早めに引退しました。どのみち夏が終われば引退でしたし……まあ、正直、最後の大会は出たかったですけど」

寂しそうに笑う真琴を見て、春重は涙が出そうになった。

なんと頑張り屋で健気《けなげ》な子だろう。自分を押し殺して家族のために戦うなんて、誰でもできることじゃない。己にはない輝きを持つ少女を前に、春重は強い尊敬の念を抱いていた。

「とりあえず、アイテムの換金に向かおう。……大金になるといいな。そうすれば、平日は無理に探索する必要もなくなるし」

「……そうですね」

そうして二人は、探索者ギルドへと向かうことにした。

「合計で、八万六千円となります」

ギルドにいる換金係の女性は、春重に報酬を支払った。

一日働いて、ひとり四万三千円の収入。素晴らしいと言わざるを得ない。月二十日も働けば、サラリーマン時代の春重の二倍以上の月収が見込める。

「すごい……一日でこんなに」

「土日だけ活動しても、月に三十二万はもらえる計算だな」

税金など、諸々《もろもろ》引かれたとしても、春重くらい無趣味な人間であれば、十分すぎるほどの収入である。

「それだけ稼《かせ》げれば、お母さんのパート代と合わせて十分生活できます……！」

「よかったな。これで無理する必要はなくなった」

「はい！」

最低限の収入は、土日で確保できる。あとは必要に応じて、平日の午後も探索すればいい。

「山本さん、ありがとうございます……！　こんなにすぐ希望が見えたのは、あなたのおかげです！」

「ちょ、ちょっと……！」

他の探索者もいる中で、真琴は深々と頭を下げる。彼女の感謝は十二分に伝わってくるが、春重は目立ってしまっていることのほうが気になって仕方なかった。

「と……とりあえず！　一旦どこかで飯でも食べないか？」

「ご飯、ですか？」

「パーティメンバーなのに、まだお互いのこともほとんど知らないし、親睦《しんぼく》を深めるって意味でもさ」

言い出した瞬間はこの場を離れるための口実でしかなかったが、我ながらいい案なのでは？　と春重は思った。

これからもパーティとしてやっていく仲なのだ。連携力を上げるためにも、互いのことはよく知っていたほうがいい。

「もちろん俺の奢《おご》りだから、お金のことは気にしなくていい」

「そんな……！」

「戦闘じゃ世話になりっぱなしだし、せめて大人の男として、らしいところを見せないとな」

「そういうことなら……お言葉に甘えさせてもらいます」

そう言いながら、真琴は遠慮気味に笑った。

そんな彼女を連れて、春重はギルドをあとにする。

「……もしもし、はい、俺です」

彼らが出ていったのを見て、柱の陰に隠れていた男はスマホに語りかけた。

「はい……今ギルドを出ました。間違いありません、伊達《だて》が逃がした連中です」

◇◆◇

「はぁ……美味《おい》しかったぁ」

焼肉屋を出た真琴は、夜空を見上げながら幸せそうに呟《つぶや》いた。

そこに会計を終えた春重が現れると、彼女はすぐに頭を下げる。

「ご馳走様《ちそうさま》でした！　本当に美味しかったです」

「喜んでもらえたようで何よりだ」

「でも……大丈夫なんですか？　家族の分の焼肉弁当まで……」

真琴は、手に持った袋に視線を落とした。中には、人数分の焼肉弁当が入っている。彼女の家族、特に妹弟たちが羨《うらや》ましがるだろうと思い、春重が購入したものだ。

「大人は余裕を見せたがるもんだ。阿須崎さんも社会人になったら、若い子に世話焼いてあげるんだぞ」

「はい！」

真琴から尊敬のまなざしを向けられ、春重の心臓がチクりと痛む。

――――若い胃袋を舐《な》めてたな。

軽くなった財布を想《おも》い、春重はそっと尻ポケットを撫《な》でる。

運動部に属していた真琴は、見かけによらずよく食べた。かっこつけて高い焼肉屋を選んでしまったが故に、用意してもらった弁当もずいぶん高額になり、春重の今日の稼ぎはほとんど溶けてしまった。

しかし、満足げに笑っている真琴の姿を見ていると、そんなことどうでもよくなってくる。

「……また頑張ればいいさ」

「？　何か言いました？」

「いや、なんでもない。駅まで送るよ」

強靭《きょうじん》な探索者とはいえ、真琴はまだ少女。どこかで読んだ『女性をひとりで歩かせるな』という雑誌のアドバイスを思い出した春重は、彼女と共に駅に向かって歩き出した。

「そこの二人、ちょっと止まれや」

しかし、二人の歩みは、物陰から現れたひとりの男によって阻《はば》まれた。

第十六話　守る義務

街灯に照らされ、ギラギラと光る数多《あまた》のアクセサリー。頭は銀髪で、サイドにそり込みが入っている。目は獰猛《どうもう》な狼《おおかみ》を思わせるほど鋭く、鍛え上げられた肉体が、インナーのシャツをこれでもかと押し上げていた。

彼が探索者であることはすぐ分かった。

何故《なぜ》絡《から》んできたのかは不明だが、春重《はるしげ》は真琴を庇《かば》うようにしながら、少しずつ後ずさろうとする。

「おいおい、逃がすわけねぇだろ」

男がそう言うと、春重は背後に気配を感じた。

振り向くと、そこには二人の男が立っていた。彼らの顔に、春重と真琴は見覚えがある。

「この人たち……！」

「ああ……阿須崎《あすざき》さんを襲った連中だ」

真琴を襲った、伊達《だて》という男とその取り巻き。彼らのことは、すでにギルドには報告済みである。しかし、人に襲いかかったところを現行犯で取り押さえつつ、状況を映像や画像で捉《とら》えるところまでやらないと、ギルドは動けない。ただの証言だけでは、証拠が足りないのだ。

「テメェら、よくもオレの可愛《かわい》い子分を壊しやがったな」

「……なんの話ですか？」

「とぼけんなよ。テメェらを見逃してから、うちの伊達は壊れちまったんだ。何もしてねぇなんて言わせねぇぞ」

男の額に、青筋が浮かぶ。

伊達は、いまだに春重の支配下にあった。現在も命令は実行中であり、二度と人を傷つけないという制約に縛られている。

彼ら――『黒狼《こくろう》の群れ』は、元は半グレだった連中のパーティ。騙《だま》し、奪い、壊すことが日常であり、それが生き甲斐《がい》であった。

「あいつはな、オレの子分の中でも特に優秀で、進んで汚れ仕事もできる男だったんだ。そんなやつが、急に『誰も傷つけたくないです～』なんて媚《こ》びた雌猫みてぇな声で鳴きやがった。一体テメェは、あいつに何をしやがった。ああ⁉」

男の怒声を聞いて、真琴の表情が引《ひ》き攣《つ》る。

あのときの恐怖は、そう簡単に消えない。男の怒鳴り声などもってのほか。早急にここから離れなければ、真琴の心の傷が開きかねない。

――『鑑定』を使いたいところだが。

ここでスキルを使えば、すぐにギルドに通報が行ってしまう。探索者横丁で『鑑定』スキルを使えたのは、目利《めき》きや武器の試し斬りのために必要だからだ。地上でのスキル行使が許されるのはあいった場所だけであり、このような一般的な道では、当然許されない。

「……俺たちは被害者です。この子があなたのところの子分に襲われて、俺がそれを助けた。その伊達という人は、興醒《きょうざ》めして帰った……それだけの話ですよ」

「違うな。真実は、オレの子分をテメェらが壊した、それだけだ。こっちから襲った？　知らねぇよ、そんなこと」

男がにやりと笑う。それにつられるようにして、春重たちの背後にいる二人も、下品な笑みを浮かべた。

なんと理不尽な話だ。春重は、腹の底から怒りが湧いてくる感覚を覚えていた。

「……ま、この場ではオレもどうしようもねぇ。ギルドに目をつけられるのは面倒だしな。今日のところは手を出さねぇでおいてやるよ」

「……」

「明日、二十時に新宿ダンジョン三階層に来い。そこで話つけようや。来なかったら、テメェらの家族をモンスターの餌にしてやるよ」

男が背を向ける。

今すぐ殴りかかれないことを、春重は口惜《くや》しく思った。

「俺は『黒狼の群れ』のリーダー、黒桐健司《くろぎりけんじ》。よーく覚えとけ」

二人の子分を連れて、黒桐は去っていく。

彼らの姿が完全に見えなくなると、真琴は膝《ひざ》から崩れ落ちた。

「っ！　大丈夫か」

「は、はい……すみません、腰が抜けてしまって」

春重は真琴の体を支え、道の端に移動する。

荒い呼吸を繰り返す彼女の背中をさすり、しばしの時間が過ぎた。やがて落ち着いた彼女は、春重のほうを見る。

「……もう、大丈夫です。ありがとうございます」

真琴は、明らかに強がりだと分かる笑みを浮かべていた。

その表情を見て、春重はひどく心を痛めた。しかし、実際に被害を受けた真琴のほうが傷ついているに決まっている。すぐに気を引き締め、頼れる大人であろうと努力した。

「すみません……巻き込んでしまって」

「阿須崎さんが謝る必要なんてない。悪いのは全部あいつらだ」

春重は拳《こぶし》を握りしめる。

悪いのは、間違いなく黒桐たち。しかし、春重の怒りは彼らに向くと同時に、自分自身にも向けられていた。

――あのとき、他の二人も支配しておけば……。

人に対してスキルを行使することへの抵抗。それが強く出てしまったせいで、スキル対象を伊達ひとりに絞ってしまった。念のため三人とも支配して、口を割らないように命令しておけば、こんな事態にはならなかった。

今の自分で、黒桐を支配できるだろうか。春重はSPの問題に思考を巡らせる。今度こそ、彼ら全員を支配する必要がある。黒桐は間違いなく伊達よりも強い。

彼のレベルがどれほどかは想像できないが、今の春重のSP量であれば、おそらく支配できる。

問題は、敵がひとりではないこと。

「……いきなり大問題だが、社長のせいで取引先と揉《も》めて、丸一日土下座《どげざ》し続けたときよりはマシだな」

「え？」

「明日の朝は普通に探索しよう。金を稼《かせ》がないわけにもいかないからな」

――――それと、レベルも。

春重は心の中でそう呟《つぶや》く。

「三階層には、俺ひとりで行く。阿須崎さんは外で待っていてくれ」

「で、でも……！」

「一応、俺はこのパーティのリーダーだからさ。メンバーを守る義務があると思うんだ」

これ以上、真琴を彼らの前に晒《さら》したくない。

この日春重は、他者を傷つける覚悟を決めた。

まさか今回の出来事が、己を大きく成長させるきっかけになるだなんて、彼は夢にも思っていなかった。

第十七話　お利口さん

翌日。早朝に集まった二人は、すぐに新宿ダンジョンへ入った。

十階層、二十階層を越えて、前回サイクロプスを大量に狩ったフロアへとたどり着く。

「昨日よりもペースを上げて狩ろうと思う。何かあったらその都度教えてくれ」

「は、はい……」

前を行く春重《はるしげ》の顔は、普段の様子からは想像もできないくらい真剣で、厳しい表情をしていた。

ただモンスターを警戒している雰囲気とはまったく違う。これより待ち構える敵に対して、すでに彼は精神を研ぎ澄ませているようだった。

せめてレベル40は欲しい。それが春重の考えだった。特に明確な理由はなく、それが現在目指せるであろう、現実的な数字というだけだ。時間もなく、できることは限りなく少ない。その中で自分を安心させるためには、定めた目標を達成することが一番だと、春重は理解していた。

「よし、見つけた」

前方にサイクロプスを見つけた春重は、真琴《まこと》に援護を頼みながら前に出る。『空間跳術《くうかんちょうじゅつ》』で一気に距離を詰め、サイクロプスの背後へ。

「『断頭』！」

そして『両手剣』のスキルによって覚えた技『断頭』を発動。敵の背後を取ったときに使える技で、ＳＰ消費によって切れ味を増した斬撃が、対象の首を刎《は》ねる。

一瞬にして絶命したサイクロプスは粒子となり、昨日と同じようにドロップアイテムだけがそこに残った。

――――まったく反応できなかった。

目の前で起きたことへの認識が遅れ、真琴は何度も瞬きを繰り返す。

春重のレベルは、昨日から変わらない。しかし、明らかに動きのキレが増していた。

春重本人も、自分の性質について理解していない部分があった。山本春重という男は、窮地に陥《おちい》れば陥るほど、パフォーマンスが上がる。これもサラリーマン時代に、数多《あまた》の理不尽な納期に間に合わせるべく鍛え上げられた難儀な特性のひとつだった。

「納期は二十時か。まあ、なんとかなるだろ」

春重が首の骨を鳴らす。それは仕事中、ＰＣとにらめっこしているときの、彼のよくない癖だった。

◇◆◇

「……」

真琴は新宿ダンジョンから少し離れたところにあるカフェで、スマホを眺《なが》めていた。時刻は間もなく二十時といったところ。『黒狼《こくろう》の群れ』との約束の時間だ。

「山本さん……」

カウンター席に面した大きな窓から、真琴は新宿ダンジョンの方角を見つめる。真琴がここにいるのは、春重からの指示だった。やはり共に行くと主張したが、彼はその意見を聞き入れず、結局ひとりで行ってしまった。

――――情けない。

スマホを握る手に、力がこもる。

悔《くや》しいが、足手まといになることは明白だった。実力的な話ではない。精神的な話である。

彼らに会えば、きっとまた震えが止まらなくなる。家族を守らなければならないのに、体はまったく言うことを聞かない。

「……もっと、強くならなきゃ」

この恐怖を乗り越えるために、真琴は己をさらに追い詰めなければならない。そして、そのためにも春重という存在は必要不可欠。

真琴は彼の無事を願うべく、目を閉じた。

◇◆◇

新宿ダンジョン、三階層。

春重は四階層へ続く道を外れ、人気のない行き止まりにいた。やれることはすべてやった。春重は心を落ち着かせながら、そのときを待つ。

「……よお、逃げずによく来たな」

しばらくして、黒桐《くろぎり》が現れる。

黒桐はその獰猛《どうもう》で残忍な視線を春重に向けながら、口角を上げた。

彼の後ろには、五人の部下がいる。男たちはすでに得物を抜いており、いつ襲いかかってきてもおかしくない雰囲気を漂わせていた。

「ん？　あのガキはどうした」

「ここには来ない。伊達《だて》と一悶着《ひともんちゃく》あったのは、俺だ。彼女は関係ない」

「……チッ、仕切ってる店に売り飛ばしてやろうと思ったのに」

黒桐は足元にあった岩を蹴りつける。岩は粉々に砕け、辺りに破片が散らばった。

「まあいいか。ここでテメェを殺して、あとで家族を人質にしてじっくり追い詰めるとするか」

――――『鑑定』

春重は黒桐にスキルを行使する。

名前：黒桐健司
種族：人間
年齢：25
状態：通常
ＬＶ：46
所属：黒狼の群れ
ＨＰ：１４２２／１４２２
ＳＰ：６０７／６０７
スキル：『拳闘術（ＬＶ６）』『緊急回避（ＬＶ３）』『威圧』『攻撃向上』『防御向上』

――強い……けど。

想像の範囲内。春重は静かに安堵《あんど》した。

後ろの連中は、平均レベル20。人数差は厄介だが、ひとりひとりの実力は大したことないと言える。

「さて、先に言っておくと、テメェにはまだ生き残れる道がある」

黒桐は、突然ニヒルな笑みを浮かべ、両手を広げた。

「オレたちの奴隷になって、探索で稼《かせ》いだ金をすべて納めるってんなら、命までは取らねぇでやるよ。テメェが寝る間も惜しんでせこせこ働いているうちは、あのガキにも、テメェの家族にも手は出さないでおいてやる」

仲間たちと共に、黒桐はゲラゲラと笑う。

そんな彼らに対して、春重は手をかざした。

「あ……？」

「悪いな。社畜生活は、もうこりごりなんだ」

――――『支配《テイム》』

春重がそう呟《つぶや》く。

その声を聞いた黒桐は、より一層大きな声で笑った。

「ぎゃははははは！　『調教《テイム》』だとよ！　やっぱりテメェは素人《しろうと》だな！　そのスキルは人間には通じねえんだよ！」

「……」

「一か八かやってみたってやつかァ？　残念だったな、誰もテメェには従わねぇみたいだぞ？」

黒桐は、身ぶりで仲間に指示を出す。

男たちは威圧するように春重を取り囲んだ。

「もういいや。そいつぶっ殺せ」

彼らのうちのひとりが、剣を振り上げた。

鋭い凶刃が、春重の頭をかち割らんと迫る。

しかし、その刃が春重に届くことはなかった。

「……跪《ひざまず》け」

春重がそう一言告げるだけで、取り囲んでいた男たちが一斉に膝《ひざ》をつく。何が起きたのか分からないといった表情で、彼らはただ、何もない地面を見つめていた。

「なっ……」

「お利口さんだな、あんたの仲間は」

春重は、黒桐の部下の頭をこれ見よがしにくしゃりと撫《な》でた。

名前：山本春重
種族：人間
年齢：38

状態：通常
LV：44
所属：NO NAME
HP：1102／1102
SP：394／1359
スキル：『万物支配《ワールドテイム》』『鑑定』『精神耐性』『ナイフ（LV4）』『緊急回避（LV7）』『索敵（LV8）』『闘志』『直感』『両手剣（LV8）』『空間跳術（LV5）』『極限適性』

第十八話　怒りの拳《こぶし》

――――何が起きた……。

気づいたときには、すでに黒桐《くろぎり》は拳を構えていた。

彼とて、中堅冒険者の端くれ。修羅場は何度も潜ってきた自負がある。しかし、ここまで得体の知れない存在を相手にするのは、いくらなんでも初めてだった。

見た目はただのくたびれた壮年の男。ダンジョンにいることすら不釣り合いに見えるほど、彼からは威圧感というものをまったく感じない。

それなのに何故《なぜ》、自分は飛び出せずにいるのだろう。黒桐は、底なし沼に落ちたような、身動きのとれぬ息苦しさを覚えていた。

彼はまさしく恐怖という感情に支配されているわけだが、その醜く歪《ゆが》んだプライドが、怯《おび》える自分を認識させないようにしていた。

「武器を放せ」

春重《はるしげ》が命令すると、黒桐の部下たちはすぐさま武器から手を放した。彼らの顔には、困惑と、恐怖の表情がくっきりと浮かび上がっている。

「なんだ……これ……」

「体が勝手に……！」

再び武器を取ろうとしても、体が動かない。力むたびに、その力がどこかへと抜けていく。脳が下す命令を、体が拒否しているかのようだ。

「テメェら……！　何やってんだ！　遊んでねぇで今すぐそいつを」

「無駄だ。彼らはもう『主人』には逆らえない」

「しゅ、主人だと」

「そして、それはあんたも同じだ」

春重が手をかざす。

黒桐は、恐怖のあまり思わず身構えた。

「こっちへ来い。そして跪《ひざまず》け」

「ぐっ……な、何が起きてんだよ……」

黒桐の足がピタリと止まり、春重のほうへ歩き始める。

頭では必死に抵抗するが、身体《からだ》は一切《いっさい》言うことを聞かない。自分の意思が拒絶される。そのあまりの違和感に、黒桐は吐き気を覚えた。

ついに春重の目の前まで来てしまった。

黒桐の体は、命令通りに膝《ひざ》をつき、その頭を差し出すように傾《かたむ》ける。

「テメェ……！　オレに何をしやがった！」

「……あんたみたいな、人の気持ちを考えられない人間を、一度でいいから思い切り殴ってみたかったんだ」

「あぁ」

「ちょうどいい高さだ。殴りやすくて助かるよ」

「ぶゅ――――」

春重の渾身《こんしん》の拳が、黒桐の顔の中心を捉《とら》える。

拳が肉を打ち、黒桐の体は勢いよく地面を転がった。

名前：黒桐健司
種族：人間
年齢：25
状態：命令実行中
LV：46
所属：黒狼《こくろう》の群れ

ＨＰ：８３１／１４２２
ＳＰ：６０７／６０７
スキル：『拳闘術（ＬＶ６）』『緊急回避（ＬＶ３）』『威圧』『攻撃向上』『防御向上』

「がっ……は……」

鼻からおびただしい量の血が滴《したた》る。一撃で半分近くのＨＰが持っていかれた。硬直した体に、全身全霊の拳。衝撃を逃がすこともできず、ダメージはすべて黒桐へ余すことなく伝わった。

「……」

春重は、血のついた己の拳を見る。

人を殴ったのは、今日が初めてだった。モンスターを殺すときとは違う独特の嫌な感触が、まだ根深く残っている。

それでもなお、彼は拳を握りしめた。

「立て」

「っ！」

黒桐の体が、勝手に起き上がる。その際、彼が飲もうとしていたＨＰポーションが、手から零《こぼ》れ落《お》ちる。器は音を立てて割れ、中の液体が地面に広がった。

「くそっ……！」

「本当は、伊達《だて》のことも殴ってやりたかったけど、あんたで我慢するよ」

「ま、待……！　ぶっ」

春重の拳が、再び黒桐を殴り飛ばす。

この一撃にて、黒桐のＨＰは３００を切った。

「はぁ……はぁ……」

視界がぐわんぐわんと歪む。鼻が折れている。鼻腔《びこう》の奥がパンパンに腫れて呼吸ができない。口の中に違和感がある。前歯がほとんど折れてしまったらしい。

脳みそが揺れているせいで、黒桐の思考は途切れ途切れになっていた。意識を保っているだけでもやっと。手足に力が入るはずもなく、立ち上がることすら困難。

濃厚な死の香りが、すぐそこまで漂ってきていた。

「ダンジョン内で探索者が死んでも、モンスターが食ってくれるから証拠は残らない……だったな」

「や、やめで……」

「あんたらが襲った人がそう言ったとき、ちゃんとやめたのか？」

「っ……！」

地べたを這《は》うようにして、黒桐は春重から逃れようとした。

正規ルートに戻ることができれば、きっと他の探索者とすれ違うはずだ。他人の目があれば、春重も手を出すことは難しい。

春重が逃げることを許せば、の話だが。

「止まれ」

「ひっ……！」

再び黒桐の自由が奪われる。

「な、なんなんだよテメェ……！　ただのルーキーじゃねぇのか……」

「答える義理もないな」

「待てって……！　そうだ、オレたちが稼《かせ》いだ金全部やるよ！　武器も防具も！　逆にオレたちがあんたに貢いでやる！　だから……！」

「そんなものに興味はない」

「……っざけんな！　いいからオレを見逃せ！　そいつらの命はくれてやる！　だからオレだけは――――」

言い終わる前に、春重は黒桐に立ち上がるよう命令する。

もはや自立すらできないはずの彼の体は、操り人形のような不気味な動きで立ち上がる。

「何も殺すなんて言ってないだろ。その代わり、きちんと償ってもらうぞ」

「ああ」

「ひとつ、二度と人を傷つけるな。ふたつ、夜が明けたら、ここにはいない仲間も連れて、全員潔《いさぎよ》く自首しろ。みっつ……時間が来るまで、被害者たちに許しを請い続けろ。擦り切れるまで、頭を地面にこすりつけてな」

「……はい」

目が虚《うつ》ろになった黒桐は、仲間と共にダンジョンを引き返していく。

それを見送った春重は、壁を背にしながら地面にしゃがみ込んだ。

「はー……疲れた」

春重の人生において、争いというのは無縁なものだった。

相手がどれだけ悪人であっても、傷つけることには抵抗がある。その感情を無理やり押し殺し、春重はあえて彼らを苦しめるような手段を取った。当然、春重の精神はひどく疲弊した。しかし、それも『精神耐性』によってすぐに落ち着いた。

「疲労を感じなくなるのはいいけど……疲れ切ったときに入る風呂は、また格別だったんだよなぁ」

どこか残念そうな苦笑いを浮かべつつ、春重は立ち上がる。

「行くか。阿須崎《あすざき》さんに報告しないとな」

第十九話　アブソリュートナイツ

「山本さん……！」

春重《はるしげ》がカフェの近くまで来ると、真琴が向こうから駆けてきた。第一声はどうするべきか。色々迷った挙句、春重は控えめに片手を上げることしかできなかった。

「無事ですか⁉　怪我《けが》は……」

「ああ、大丈夫。無傷だよ」

「よかった……山本さんに何かあったらと思ったら、全然落ち着かなくて……」

ホッと胸を撫《な》で下《お》ろした真琴を見て、春重は頬を掻《か》いた。これまでの人生、ここまで人に心配されたことがあっただろうか？　実の親ですら、ここまで心配してくれたことはなかった気がする。出会ってまだ数日の関係だが、真琴の情を強く感じ、春重は自分がそれを嬉《うれ》しく思っていることに気づいた。

「……俺は大丈夫。黒桐《くろぎり》たちは、明日には自首すると思うよ」

「あの人たちが自首……⁉」

「色々あってさ。……何はともあれ、これで阿須崎《あすざき》さんの家族は安全だ」

真琴に対し、春重は詳細を伏せることにした。己を守るためとはいえ、人間を支配し、無理やり言うことを聞かせるような行為が、まともだなんてとても思えないからだ。

「本当に……本当にありがとうございます、山本さん」

「パーティは持ちつ持たれつだ。次の探索から、また一緒に頑張ろう」

「はい……っ!」

目尻に涙をにじませながらも、真琴はとびっきりの笑顔で、大きく頷《うなず》いた。

その日、新宿ダンジョン前では不思議な事件が起きた。

探索者パーティ『黒狼《こくろう》の群れ』のメンバーが、ダンジョンの入り口に向かって土下座《どげざ》し続《つづ》けるという奇行に走ったのだ。連絡を受けてギルドの職員が駆けつけたが、彼らはまったく退散しようとせず、日の出の時間が来るまでテコでも動かなかった。

その後、彼らはメンバー揃《そろ》って警察に行き、様々な罪を自白した。

もっとも大きな罪は、ダンジョン内での殺人。彼らの犯行によって命を落とした被害者は、計十三名。脅迫などの被害者も含めると、三十名を超える。

彼らのスマホから暴行の様子と思われる動画データが見つかり、証拠も確保。本人たちが罪を認めていたため、裁判もスムーズに進行した。結果として、リーダーである黒桐健司は死刑。その他メンバーは、終身刑となった。

しかし、刑が確定してから、彼らの態度が一変。オレたちはやっていない、操られていただけだと主張するが、そんな言葉が聞き入れられるはずもなく、彼らへの刑は変わらなかった。

そのあまりの急変ぶりに、洗脳されていたのではないかと疑問を抱いた者もいたが、真実にたどり着いた者は、誰ひとりとして現れなかった。

◇
◆
◇

新宿ダンジョン、九十階層――――。

未踏の地にたどり着いた彼ら『アブソリュートナイツ』は、壊滅の危機を迎えていた。

「はぁ……はぁ……」

荒い呼吸を繰り返しながら、リーダーである神崎レオンは顔を上げる。

視線の先にいるのは、三つの顔と六本の腕を持つ、まるで阿修羅《あしゅら》のようなモンスター。フロアボスと呼ばれる、次の階層への道を阻《はば》む番人である。

名前：

種族：アシュラオーガ
年齢：
状態：通常
ＬＶ：１６６
ＨＰ：４６２２／５８１０
ＳＰ：３２０１／３５７２
スキル：『六刀流（ＬＶＭＡＸ）』『気配探知（ＬＶＭＡＸ）』『硬質化（ＬＶＭＡＸ）』『加速（ＬＶ７）』『火吹き（ＬＶ５）』『精神耐性』『魔術無効』『震脚』

八十階層にいたフロアボスがレベル１１０だったことを考えると、このレベルの上がり幅は異常と言えた。

レオンのレベルは１４８。日本国内で、彼よりレベルが高い探索者はいない。故に自身の強さには並々ならぬ自信があったし、物資さえ潤沢《じゅんたく》なら、前回断念した新宿ダンジョンの攻略だって、あっさりこなしてしまえると思っていた。

「レオン！　このままじゃ手が足りない！　前に出ろ！」

アシュラオーガの剣を捌《さば》きながら、九重桜子が叫ぶ。

しかし、レオンは尻餅《しりもち》をついたまま動かない。それどころか、徐々に後ずさりを始めていた。

恐怖に歪《ゆが》んだレオンの顔を見て、桜子は舌打ちする。

――このままじゃジリ貧。

桜子は太刀で剣を受け流し、アシュラオーガから距離を取る。身長五メートルを超えるアシュラオーガは、その巨体に見合った分厚く長い剣を持っている。

現状、それを無傷で捌けるのは、桜子だけ。しかし、いくら彼女が無傷でも、武器はそうもいかない。アシュラオーガの重たい一撃を受け流すたびに、刀身には着実にダメージが蓄積していく。

「桜子！　撤退しましょう！　今の私たちにこのモンスターは倒せません！」

「そうだな……！」

回復スキルを持つパーティメンバーの提案を聞き入れた桜子は、いまだ尻餅をついたままのレオンを見る。

「レオン！　撤退だ！」

「だ、だめだ……僕らは最強のパーティ……撤退したら評判が下がって――」

「っ！　そんなこと言ってる場合か……！」

すぐさま別の仲間がレオンを回収し、元来た道を引き返していく。

――――まさか、こんなに情けない男がリーダーだとは思わなかった。

桜子は心の中でそう呟《つぶや》く。日本最強のパーティというから参加を希望したのに、神崎レオンはレベルが高いだけのハリボテ男。他の仲間はそんな彼を立てるためだけに集められた、中途半端な有象無象だった。それでも、引《ひ》き際《ぎわ》を理解しているだけ、レオンの百倍はマシである。

「しんがりは私がやる！　お前たちは振り返らず逃げろ！」

「分かりました……！」

仲間たちを逃しながら、桜子は刃こぼれの激しい太刀を構える。

名前：九重桜子
種族：人間
年齢：24
状態：通常
ＬＶ：１３９
所属：アブソリュートナイツ
ＨＰ：２４９９／２７８１

ＳＰ：２１０３／２９１３
スキル：『太刀（ＬＶＭＡＸ）』『鑑定』『精神耐性』『緊急回避（ＬＶ８）』『索敵（ＬＶ６）』『反応速度向上』『直感』『空間跳術《くうかんちょうじゅつ》（ＬＶ７）』『腕力強化』『脚力強化』『属性耐性』『体術（ＬＶ６）』『毒耐性』『痛覚耐性』

「……ギリギリだな」

桜子は太刀を振りかぶり、襲い来るアシュラオーガを真《ま》っ直《す》ぐ見据《みす》える。

「『桜雪乱舞《おうせつらんぶ》』！」

桜子の体が、宙を舞う。

滑らかに、そして正確に振られた太刀が、アシュラオーガの無数の剣の軌道を逸《そ》らしていく。やがてすべてを捌き切ると同時に、鋭い切っ先がアシュラオーガの首を捉《とら》えた。

しかし、桜子の太刀は、そこで限界を迎えた。

刃こぼれした部分から、刀身が見事にへし折れる。

太刀だったものが宙を舞うのを見て、桜子は顔をしかめた。

アシュラオーガが再び剣を構える。

その前に、桜子は『空間跳術』によって素早く離脱を図《はか》った。

「この借りは、いずれ必ず返す」

そう告げて、桜子はフロアボスの領域の外へ出た。

翌日、日本が誇る最強パーティ『アブソリュートナイツ』の、二度目の敗走が報じられた。

第二十話　池袋ダンジョン

――――アブソリュートナイツ、九十階層にて敗走……か。

電車に揺られながら、春重《はるしげ》はスマホでネットニュースを眺《なが》めていた。ニュースの内容は、国内最強パーティであるアブソリュートナイツが、九十階層のフロアボス『アシュラオーガ』に敗北したというもの。

レベル１４０を超える神崎レオンですら退却を余儀なくされるとは。一体そのモンスターがどれほどの強さを持つのか、今の春重には想像すらできない。

「ねぇ、あの人……」

「あ、ボディビルダーの人！」

同じ車両に乗っている二人の若い女性が、春重のほうを見てヒソヒソと話している。またか、と春重は思った。前にも彼女たちには会ったことがある。そのときに、春重はボディビルダーと間違えられてしまったのだ。

「……あんなに細かったっけ？」

前回の春重は、服の中に無理やりスライム三兄弟を詰め込んでいたが、今は嵩張《かさば》らない隠し方を思いついたおかげで、わずかな膨《ふく》らみすらなくなっていた。パッと見た限りでは、ジャージ姿のくたびれたおっさんでしかない。

「多分あれだよ、着痩せするタイプなんだよ」

「あー、なるほどね」

何がなるほどなんだ――――。

目的地に着くまでの間、春重は女性たちのやたらと気になる会話に耳を傾《かたむ》けていた。

向かう先は『N池袋』。そこには、新宿ダンジョンに匹敵する大型ダンジョン、池袋ダンジョンがある。

「あ、山本さん！」

目的地である池袋駅に着くと、先に着いていた真琴が駆け寄ってきた。

「すまん、ちょっと遅れたか」

「いえ、私が早く着きすぎただけなので！」

そう言いながら、真琴は屈託のない笑みを浮かべた。

黒狼《こくろう》の群れとの一件以来、真琴は春重に対して全幅の信頼を置いていた。それに応じて、春重は彼女との距離が妙に近くなったような感覚を覚えていたのだが、今はそれを気のせいということにしている。

「……ここが池袋ダンジョンか」

春重は、N池袋駅の側にある『池袋ダンジョン』を見上げる。

そこにあったのは、煌《きら》びやかな装飾が施された巨大な城だった。まるでおとぎ話に出てくる建物だ。

これまで潜った二つのダンジョンと違い、池袋ダンジョンは上に延びている。階層は全四十階層。ここ最近で、長年難航していた攻略は一気に進み、ついにダンジョンボス目前までたどり着いたパーティが現れたことで、探索納めのために訪れる探索者が増加していた。ダンジョンは攻略されると、元の建造物に戻る。故に攻略目前になると、探索者はこぞってそのダンジョンに挑むのだ。

春重たちも、他の探索者と同じく探索納めが目的である。深層であれば適正レベルも30ほどで、今の春重たちなら十分安全に狩りができる。

「よし、行こうか」

「はい！」

準備を整《ととの》え、二人は池袋ダンジョンへと入る。

「すら一郎《いちろう》！」

春重のジャージの袖《そで》から、すら一郎が紐状《ひもじょう》になって飛び出す。

そして離れたところにいた鎧《よろい》の姿をしたモンスターに絡《から》みつき、その体を一気に春重のもとに引き寄せた。

モンスターの名は『ホワイトメイル』。中身のない自立する鎧という、なんとも奇怪な生物である。もはや生物と呼ぶことにも違和感を覚えるが、他に適した名称もなく、研究者たちも渋々生物と呼んでいた。

そんなホワイトメイルに、春重は剣を叩《たた》き込《こ》む。

澄んだ音と共に、硬質な鎧はスパンと両断された。

「ふう、それなりに様になってきたんじゃないか？」

粒子になったホワイトメイルを見て、春重は背中に剣を納める。

これが新たに春重が思いついた戦法、スライム三兄弟活用術。成長と共に『変形』というスキルを覚えたすら一郎たちは、これまで以上に己の体を自由自在に変化させることができるようになっていた。

スライムが体を伸ばせば、ただのロープと違い、勝手に追尾して敵の体を縛り上げることができる。それを上手《うま》く活用し、敵を引き寄せたり、体勢を崩させるのが、このスライム三兄弟活用術である。

「移動手段にもなるし、ますます頼もしい存在になったな」

「目の保養にもなりますし、私としてもすごくありがたいです」

春重の服から抜け出したスライムたちが、真琴のもとに集まる。そして彼女が頭を撫《な》でると、スライムたちは嬉《うれ》しそうに周りを跳び回った。

スライムたちに表情はない。しかし、主従関係にある春重は、スライムたちに感情が芽生えていることに気づいていた。レベルアップによる成長を通じたものなのか、それとも『万物支配《ワールドテイム》』の力の一端なのか、いまだ断定には至っていない。

「お、新手か」

春重の『索敵』スキルが反応する。進行方向から、二体のホワイトメイルが駆けてくるのが見えた。

名前：
種族：ホワイトメイル
年齢：
状態：通常
ＬＶ：27
ＨＰ：711／711

ＳＰ：０／０
スキル：『片手剣（ＬＶ３）』『硬質化』

これがホワイトメイルのステータス。レベル15のサイクロプスとは一線を画した力を持つが、今の春重たちの敵ではない。

「私に任せてください」

真琴は弓を構えると『魂力矢』で生成した矢を番《つが》えた。

「『アローシャワー』！」

放たれた青白い矢は、ホワイトメイルの頭上で止まると、無数の矢となって降《ふ》り注《そそ》いだ。矢はホワイトメイルの硬質化した体を貫き、砕き割っていく。そうして呆気《あっけ》なく、ホワイトメイルは粒子となって消えた。

名前：阿須崎《あすざき》真琴
種族：人間

年齢：18
状態：通常
ＬＶ：40
所属：NO NAME
ＨＰ：９５３／９５３
ＳＰ：１０２１／１０３０
スキル：『弓術（ＬＶ９）』『緊急回避（ＬＶ４）』『危険感知（ＬＶ５）』『索敵（ＬＶ６）』『集中』『装塡速度上昇』『魂力矢（ＬＶ５）』『攻撃力上昇・遠距離』

これが真琴のステータス。レベルもさることながら、スキルの伸びが著《いちじる》しい。特に『弓術』のスキルはカンスト寸前。このレベル帯でカンストスキルを持っている者は、ほとんどいない。

探索者としてはまだまだ無名。しかし、二人が注目され始めるのは、時間の問題であった。

第二十一話　ダンジョン崩壊

「ふう……大収穫だな」

春重《はるしげ》は、重たくなった鞄《かばん》を持ち上げる。ずっしりとしたその鞄には、ホワイトメイルのドロップアイテムである白鎧《はくがい》の欠片《かけら》が入っていた。

池袋ダンジョンの特徴は、とにかくフロアが広いこと。攻略するには厄介だが、他の探索者と狩場が被《かぶ》りにくくなるという特徴もある。実際、混み合っているはずのダンジョン内で、春重たちは他の探索者に数えるほどしか出会っていない。そのおかげで効率よく狩ることができた。

「穴場かもな、池袋ダンジョン」

「まあ、もうすぐなくなっちゃうんですけどね……」

「……そうだった」

高レベル帯パーティによって、間もなく池袋ダンジョンのボスは討伐される。そうすれば、もう二度とこんなおいしい思いはできない。池袋駅が元の姿を取り戻すのはめでたいことだが、春重はそれを少し残念に思った。

「ん……？」

　ふと、春重は揺れを感じた。初めはどこかで探索者が大技でも放ったのかと思った。しかし、その揺れは一時のものではなく、徐々に強さを増していった。

「嫌な予感がする……！　阿須崎《あすざき》さん！　すぐに出るぞ！」

「は、はい！」

『直感』が働き、春重は真琴を連れてダンジョンを出た。

　それに続くようにして、異変に気づいた他の探索者たちも、すぐにダンジョンを出る。

「な、なんだ……？」

　振り返ると、池袋ダンジョン全体が大きく揺れていた。城のようなダンジョンの外観が、ゆっくりと崩れていく。やがてダンジョンがあった場所には、ほとんどの者が古い写真でしか見たことがない、池袋駅と思われる巨大な建物が残っていた。

「まさか、ダンジョンボスが倒されたんですか……」

「いやいや、討伐隊は明後日《あさって》乗り込む予定だったんだろ？　それじゃ横取りに――」

　ざわついていたのは、春重たちだけではなかった。ダンジョンの崩壊理由は、ボスが討伐されたこと以外考えられない。しかし、ボスのいる階層までたどり着いた例の探索者パーティは、今この場では確認できない。もしいたとしたら、ＳＮＳで取り上げられていないとおかしい。ダンジョン攻略とは、国から見ても大いに注目されるべき出来事なのだから。

　故に、ダンジョンボスを横取りするというのは、違法ではないにしろ、かなりのマナー違反であるとされている。ボスまでの道を切り開いた者に、敬意がない行為だからだ。

安全性のことも考えて、ボスとの戦いは、たどり着いたパーティが二週間以内に討伐日を定め、その日は他の探索者は入場不可になることが多かった。

「……山本さん、あれ」

何かを見つけた真琴が、池袋駅のほうを指差す。

そこには、ひとりの女性が立っていた。女性は数人分の大きさはあるであろう巨大な兜《かぶと》を担《かつ》ぎながら歩いており、やがてそれを、適当なところに放り投げた。鐘が転がるようなぐわんと響く音がして、一部の見物人から悲鳴が上がる。

多くの者は、彼女に見覚えがあった。

「九重《ここのえ》……桜子……」

誰かが女性の名を呼ぶ。

国内最強と言われた高レベルパーティ『アブソリュートナイツ』。その切り込み隊長、レベル130超えの探索者……それが九重桜子であった。

「……退《ど》いてくれ」

真《ま》っ直《す》ぐ歩いてきた桜子は、呆然《ぼうぜん》と立ち尽くしていた春重と真琴にそう告げた。その圧倒的なオーラに、二人は思わず硬直してしまう。しかし次の瞬間、春重は直感的に桜子に話しかけていた。

「ダンジョンボスを倒したのは……あなたですか？」

「そうだ。武者修行のために倒した。これでいいか？」

「あ、ああ……」

真琴の袖《そで》を引き、春重は道を開ける。桜子は引き続き真っ直ぐ歩き続け、やがて街の中へ消えていった。

「武者修行って……まさか、池袋ダンジョンのボスをひとりで倒したのか？」

「そ、そんな……でも、あの人ならあり得る気がします」

池袋ダンジョンのボスは、レベル１２０を超えるバケモノだった。それをひとりで討伐するなんて、いくら本人がボスのレベルを超えていても、考えにくい話である。

ただ、実際に近くで見て、春重は彼女のソロ討伐を疑いようのない事実だと認識した。

「……こんなことして大丈夫なんですかね、九重さん。多分結構炎上すると思うんですけど」

「そうだな……討伐予定日まで決めていたパーティからすれば、たまったもんじゃないし」

ダンジョンを攻略し、元の姿に戻すことに成功した探索者は、国から巨額の報酬を受け取ることができる。そこにダンジョンボスの素材や特別なアイテムが加わるため、一気に財産が増える。中には一生遊んで暮らせるだけの金を受け取り、探索者を引退した者もいた。ボス討伐は、それほどの夢があるのだ。

その機会を他者から奪ったとなると、少なくとも当事者からは糾弾されてしかるべきである。

「……ま、俺たちは俺たちでやるべきことをやろう」

そう言いながら、春重は鞄を背負い直す。他の探索者と比べても、彼らの持つ荷物は明らかに多い。討伐数が多い証拠である。

果たして今回の探索はいくらになるのだろう————。二人はソワソワしながら、探索者ギルド東京支部へと向かった。


「……」

池袋の街を歩いていた九重桜子は、その場でふと振り返る。

彼女の頭に浮かんだのは、自分に質問を投げかけてきた壮年の男と、少女のパーティ。

桜子は、彼らに有象無象の探索者とは違う何かを感じ取っていた。

——特に、あの男……。

熟練の探索者の気配ではなかったが、何か切り札を隠し持っている。桜子は、それが妙に気になった。

「……名前を訊《き》いておけばよかったな」

そうポツリと呟《つぶや》いたあと、彼女は再び歩き出した。

第二十二話　好意

ギルドに着いた二人は、パンパンになった鞄《かばん》を受付に預けた。今回は特に量が多いためか、査定にもかなり時間がかかっているようだった。

「お待たせしました……！　査定が完了しましたよ」

春重《はるしげ》たちが再び換金所の受付に向かうと、職員の女性がよっこいしょと言いながら、鞄をカウンターに置いた。

「合計で、二十二万になりました。かなり集めましたねー」

「二十二万⁉」

驚きの声を上げたのは、真琴《まこと》だった。

普通の高校生だった彼女にとって、一万、二万でも十分な大金。当然、こんな金額なんて見たことがない。

もちろん、春重も驚いていた。

二人で割っても、日給十一万。始めた頃の不安はどこへやら。まさか始めてから一ヵ月も経《た》たずにここまで稼《かせ》げるようになるだなんて、夢にも思っていなかった。

「こんなに早く稼げるようになる人は、なかなか見ませんよ。お二人とも、探索者適性があったんですかね」

「そうだとありがたいんですけど……」

春重は照れたように後頭部を掻《か》く。それがまるで受付の女性にデレデレしているように見えた真琴は、どこか面白くなさそうな顔をした。

「おーい！　手が空いてるやついるかー！」

春重たちがカウンターを離れようとすると、男性職員が他の職員たちに声をかけて回っている姿が目に入った。彼だけでなく、何やら慌ただしく駆け回ってる者たちがいる。

「どうしたんでしょう……？」

「あー……お二人とも池袋ダンジョンにいたならお分かりだと思うんですけど、ついさっきクリア予定日を無視して、池袋ダンジョンが攻略されちゃったじゃないですか」

「間近で見ました。……でも、ギルド側がこんなに慌ただしくなるくらいまずいことだったんですか？」

「攻略パーティのサポートのために、色々準備してたんですよ。それが全部パーになったので、謝罪回りとか、損害を補塡《ほてん》しないといけなくて……おっと、私ちょっと喋《しゃべ》りすぎ？」

受付の女性は口元を手で隠す。もはやその行為に意味はないのだが。

「……まー、我々が規約を定めず、探索者間の暗黙の了解みたいにしてたのが悪いんですけどね……明確なルール違反なら、九重さんに責任を取っていただく形で丸く収まるんですけど……って、名前言っちゃった！」

――この人が受付担当で大丈夫か？

春重はこの女性の口の軽さが気になった。悪意がなさそうなところが、余計タチが悪い。

少なくとも、九重桜子の件は春重たちに関係のない話だ。二人は受付を離れ、ギルドをあとにした。

「山本さん、ちょっと寄りたいところがあるんですけど……」

駅に向かおうとすると、真琴がそんな風に言い出した。

「え、俺と？」

春重は、自分がいわゆるおっさんであることを理解している。若い女の子に、おっさんが嫌われていることも分かっている。故にプライベートまで一緒に過ごすというのは、避けるべき行いだと思っていた。

焼肉に誘ったときは、冗談半分だったし、そのときはギルドから出ることができればなんでもよかったのだ。

「……ダメですか？」

「う、うーん……」

不安そうな上目遣《うわめづか》いを向けられ、春重はたじろぐ。世間の目を気にして、断ったほうがいいのではないかという思考が頭を過る。しかし、彼女がこれで傷つくようなことがあるのなら、自分の評判などどうでもいい話であった。

「分かった、どこに寄りたいんだ？」

「っ！　いいんですか⁉」

「他ならぬパーティメンバーの頼みだしね」

葛藤などなかったかのように、春重は言ってのけた。

「ありがとうございます！」

真琴は嬉《うれ》しそうな笑顔を見せる。

春重の葛藤とは裏腹に、真琴は彼と一緒にいる時間を大切に思っていた。やつら――『黒狼《こくろう》の群れ』が全員自首したと聞いたときは、心の底から安堵《あんど》した。春重は、自分を救ってくれただけでなく、人質にされそうになった家族まで守ってくれた。

そんな彼に対して、真琴は好意を抱いていた。それは恋と言うにはまだまだ曖昧で、父親に向けるような親愛と言うには、そこまでの深みを持ち合わせていなかった。

「それで、どこに行きたいんだ？」

「探索者横丁です。新しい弓を買いたくて」

真琴の弓は、いまだに初心者用だった。耐久力も威力もお粗末で、当然度重なる戦闘に耐えられる造りではない。現にもうボロボロで、いつ壊れてもおかしくない状態である。

「確かに、これは買い換えたほうがいいな」

二人で稼いだ報酬があれば、性能のいい武器が買える。探索者として立てた最初の目標は、真琴の武器を新しくすること。ついにその目標が達成されようとしていた。


夕暮れの中、二人は探索者横丁へと向かった。探索者横丁は、春重が前に来たときよりも賑《にぎ》やかになっていた。そこら中で、今日の探索を終えた探索者たちが、稼いだ金で浴びるように酒を飲んでいる。そうして陽気になった者たちが、まだ日も暮れ切らないうちから騒いでいるのだ。

うるさいところが苦手なのか、真琴は先ほどから顔をしかめていた。さっさと用を済ませたほうがいいと判断した春重は、騒音にかき消されないよう真琴の耳元で声をかける。

「武器を買うあてはあるのか？」

「ひゃっ⁉」

「え？」

耳元で喋っただけなのに、真琴は大げさに仰《の》け反《ぞ》った。

「ど、どうかしたか？」

「いえ……な、なんでもないです！」

顔を赤くしながら首を横に振る真琴を見て、春重は疑問符を浮かべた。真琴も、どうして自分がここまで動揺してしまったのか理解していなかったが、少なくとも、春重に耳元で囁《ささや》かれたことが原因であることは間違いなかった。

「えっと、武器のあてでしたっけ……？　実は特にないんですよね……一応色々調べてはみたんですけど、候補が多すぎて絞りきれないというか」

「分かるよ。俺も初めて来たときに同じ状況になった」

「そうだ、山本さんが武器を買った店ってどこなんですか？」

「あ、それならこっちだ」

春重は、真琴を連れて穴熊《あなぐま》商店へと向かうことにした。

第二十三話　予期せぬ出会い

「こ、この奥にあるんですか……⁉」

真琴《まこと》は、穴熊《あなぐま》商店のある細い路地を覗《のぞ》き込《こ》みながら、驚きの表情を浮かべた。

「ああ。店主の穴熊さんの話では、この路地はユニークスキルとやらを持っていなければ認識すらできないらしい」

「へ、へぇ……」

真琴が周囲を見回すと、道ゆく探索者たちは、確かにこの路地をスルーしている。そもそもこんな路地の奥に店があることを知らないだけの可能性もあるが、安価で強力な武器を仕立ててくれる店が、クチコミで広がらないのはおかしな話だ。最初から利用者が限られているのであれば、ネットなどに情報がないのも納得できる。

「……ていうか、そんな店に私がついていっていいんですか？」

真琴はユニークスキルを所持していない。つまりこの店への入店条件を満たしていないことになる。

「大丈夫だ。完成した武器を取りに行ったときに、仲間がいるなら連れてきていいって言ってくれたから」

人を見定める能力に長《た》けている穴熊は、自身の利益になる人物、そして不利益になる人物を見誤らない。春重《はるしげ》の仲間が誠実な人間であることも、彼女は会う前から見抜いている。

「そうだったんですね……」

「よし、じゃあ行こう」

「は、はい……！」

どことなく緊張した様子の真琴を連れて、春重は路地を進んだ。

看板が『ＯＰＥＮ』になっていることを確認して、二人は店の中に入る。

「む？」

「え？」

開けて一番に目に飛び込んできたのは、特徴的な赤髪だった。

彼女の容姿に、春重たちは見覚えがあった。

「九重《ここの》桜子《えさくらこ》……！」

「お前たちは確か……池袋ダンジョンの前で会ったたな」

春重は、彼女が自分たちのことを覚えていることに驚いた。

「おや、知り合いかい？」

硬直した春重たちのもとに、店主である穴熊あゆむが現れた。彼女は桜子と春重の顔を見比べ、楽しそうにケラケラと笑った。

「あたしのお気に入り同士が知り合いとは、面白いこともあるもんだね。桜子、そこどきな。どうやら武器の依頼らしい。依頼人は、お嬢ちゃんかな？」

「は、はい！」

「へぇ……」

穴熊が目を細める。まるですべてを見透かされているような瞳に、真琴は鳥肌がたった。カチンコチンに固まってしまった真琴を見て、穴熊は再びケラケラと笑う。

「ずいぶん初々《ういうい》しい反応だね。学生かい？」

「こ、高校生です……」

「そうかい。……こいつは複雑な事情がありそうだ。そうさねぇ……家族のために生活費稼《かせ》ぎってところかい？　泣ける話じゃないか」

まったく泣く素ぶりを見せないまま、穴熊はそう言ってのけた。

「どうして分かるんですか……？」

「あんたからは、野心を感じないからね。稼ぎたい、人生を豊かにしたい、成り上がりたい。探索者になるやつは、大抵そういう野心を抱えている。でも、あんたからはそれを感じない。大学の学費稼ぎと迷ったけど、将来のことを考えられるほど余裕があるようにも見えない。そんで残った選択肢が、生活費稼ぎだったってだけだよ」

なんでもないことのように説明されて、真琴は呆気《あっけ》にとられた。隣で聞いていた春重も、同じ反応である。

「身なりが整《ととの》っていることも考慮すると、あんたが稼がないといけなくなったのは、最近だろう。一家の稼ぎ頭が倒れでもしたかい？　亡くなったにしては、目の奥に悲しみがないね」

「相変わらず気色の悪い観察眼だな。占い師にでも転職したらどうだ？　荒稼ぎできるだろう」

「あんたは相変わらず生意気だねぇ。新しい武器を作ってやるのが誰だか忘れたのかい？」

桜子の皮肉を受けて、穴熊は不貞腐《ふてくさ》れた表情を浮かべた。

「まあいいや。扱う武器は弓かい？」

「はい……ずっと習っていたので」

「いいね。あんたにぴったりな武器だと思うよ」

穴熊は、真琴に向けて柔《やわ》らかな笑顔を見せた。それは自分に対して少なからず恐怖を抱いたであろう真琴への、簡単なアフターケアであった。その甲斐《かい》もあってか、真琴はどこか安心したような表情を浮かべた。

「ただねぇ……あいにくたった今先約が入っちまったから、用意するのはちょいと時間をもらうことになっちまうけど、それでもいいか？」

そう言いながら、穴熊は桜子のほうを見た。

「こいつの力に見合う武器を作るには、結構時間が必要でね。大体二週間は待ってもらうことにな

「りそうかな」

「そうですか……」

さて、どうしたものか。春重と真琴は顔を見合わせる。真琴の弓は、まだ壊れているわけではない。二週間ほどであれば、壊れずに使い続けられるかもしれない。しかし、間もなく壊れるかもしれない武器を使うのは、当然不安が残る。できれば今日中に新品の武器を買いたいところだが、半端な武器をその場しのぎのために買えるほど資金に余裕があるとは言いづらい。

――――仕方ないよな。

この状況で駄々をこねるのは、あまりにも筋が通らない。先約がいるなら、待つのが筋だ。当然、真琴もそれを理解しており、春重に向かってひとつ頷《うなず》いた。

「……穴熊、彼女の武器を先に作ってやってくれ」

しかし、二人が受け入れようと思った矢先、桜子がそんなことを言い出した。

「……いいのかい？」

「ああ、しばらくはそこらの刀で我慢するさ」

そう言いながら、桜子は春重たちのほうへ振り返った。

「順番を譲る代わりに、ひとつ条件がある」

「……なんでしょうか」

「私を、二人のパーティに入れてくれ」

「……はい？」

桜子が何を言っているのか、春重はすぐに理解することができなかった。固まった春重の代わりに、真琴が疑問を投げかける。

「ま、待ってください！　九重さんはアブソリュートナイツのメンバーですよね？　それがどうして……」

「呼び方は桜子でいい。アブソリュートナイツは、つい先日抜けた」

「「……え？」」

春重と真琴は、同時に言葉を失った。

第二十四話　新メンバー

翌日の朝。

春重《はるしげ》と真琴は、新宿ダンジョンで稼《かせ》ぐためにN新宿駅に集まっていた。

「どうして私たちのパーティなんでしょう……」

駅前のベンチに腰掛けた真琴は、緊張した面持《おもも》ちで呟《つぶや》いた。

春重も、真琴と同様に強い疑問を抱いていた。

九重《ここのえ》桜子《さくらこ》が所属していたアブソリュートナイツは、日本国内にて最強を誇る探索者パーティ。

当然、現在の春重たちとは天と地ほどの実力差がある。

それなのに、何故《なぜ》か桜子のほうから、このパーティに入れてほしいという依頼があった。レベルの差からして、本来であればあり得ない話である。

「きっと、俺たちには分からないような熟練探索者なりの狙いがあるんだろう。細かいことは気にせず、今日は九重さんを頼ってみよう。いつもより効率よく狩れるはずだし」

「……そうですね。穴熊《あなぐま》さんにお金を払わないといけないですし」

真琴は、穴熊が用意してくれた新品の弓に意識を向ける。

名前：天之麻迦古弓《あめのまかこゆみ》
種別：弓（★★★★★★★）
状態：通常
HP：54000／54000
スキル：『自動修復《オートリペア》』『ブレ無効』『短距離適性』『中距離適性』『長距離適性』

それは、今まで使っていた初心者キットとは、比べものにならない性能の弓だった。外見は少々古めかしいものの、むしろそれも魅力と思わせるような上品さを醸《かも》し出《だ》していた。

ただ、ダンジョンで見つかった弓型の未解明兵器《アンノウンパーツ》が使われており、値段はかなり高額になってしまった。現在の真琴の手持ちでは到底支払えなかったため、分割払いにせざるを得なかったほどだ。とはいえ、穴熊のほうから分割払いを提案してくれたのは、真琴にとってはありがたい話でもあった。おかげで、ここ数回の探索で稼いだ収入を、家族にそのまま渡すことができる。

こうして真琴が穴熊製の武器を持っていることから分かる通り、春重たちは桜子の頼みを聞き入れた。三人になったパーティで、これから新宿ダンジョンの四十階層を目指す予定である。

「すまない、待たせたか」

間もなく、九重桜子が現れた。

長い赤髪をひとつに結び、腰には間に合わせという名目で購入した高級な刀が差してある。何よりも目を引くのは、彼女の服装であった。布面積の少ない黒いシャツに、豊かな胸を強調するかのように装着された赤いベルト。ショートパンツからすらりと伸びた足にもホルスター付きのベルトが巻かれており、ポーションの入った試験管が収納されている。

率直に言って、春重は目のやり場に困っていた。まだ少女の枠に収まっている真琴と違い、桜子は歴《れっき》とした大人の女性。歳《とし》の差はともかく、春重が異性として見てしまうのも無理はない。しかも、春重には女性への耐性がほとんどない。こんな露出度の高い女性が現れたら、集中力を削《そ》がれるのは自明だった。なんたって、彼は立派な童貞なのだから。

それを面白くないと思うのは、薄々自分が異性として見られていないと気づき始めている真琴だった。春重の目が泳いでいるのを見て、真琴は顔いっぱいに不満をあらわにする。

「……負けませんから」

「なんの話だ？」

唐突に宣戦布告をされた桜子は、何も分かっていない様子で首を傾《かし》げた。

「ごほんっ……えっと、九重さん？　その格好でダンジョンに行くんですか？」

「ああ、これが私の勝負服だ。今日はお前たちに仲間と認めてもらうために、一騎当千の活躍を見せる必要があるからな。気合を入れてきた」

「……それにしては、軽装ですね」

「動きやすいからだ」

「えっと……防具は必要ないんですか？」

「防具は不要だ。敵の攻撃に当たらなければいいだけの話だろう」

――なんか、世界観が違くないか？

春重は自分と彼女の格好を比べて、そう思った。ジャージに胸当て。その不釣り合いな装《よそお》いに、くたびれたおっさんのダサさが加わり、なんとも言えない哀愁が漂っている。

強さと華を兼《か》ね備《そな》えた桜子。若さと可愛《かわい》らしさで庇護《ひご》欲《よく》をくすぐる真琴。このパーティで浮いているのは、間違いなく春重だった。切ないことこの上ない。

「あと、敬語はやめてくれ。戦闘中の声掛けの妨げになる」

「え？　あ、ああ、分かった……」

「それと、私のことは名前で呼べ。苗字《みょうじ》は字面《じづら》が硬くて可愛くないからな。私もお前たちのことは春重、真琴と呼ばせてもらう」

とんでもなくマイペースな女である。さっきから春重はたじたじだ。

「じゃ、じゃあ！　私も春重さんって呼んでいいですか⁉」

「え⁉」

真琴から何かを期待するような視線を向けられ、春重はひどく困惑した。自分が何を求められているのか、まったく分からない。最終的に、彼は思考を放棄して、ただ頷《うなず》いた。

「わ、私のことは！　ま……真琴でいいので……」

「……？」

真琴の声が尻すぼみになっていく。彼女の顔が赤くなっている理由を、春重はまだ理解することができなかった。

「話は済んだか？　では行こう」

強引に話を切り上げ、桜子が歩き出す。これから初探索だというのに、パーティ内のコミュニケーションは、決して円滑とは言えなかった。


「春重はレベル48、真琴は44だったか」

ダンジョンを進みながら、桜子は二人にそう問いかけた。ホワイトメイルを倒し、春重と真琴のレベルはまたさらに上がっていた。すでに中堅冒険者の中でも、かなり上位と言っていいレベル帯である。

「それだけのレベルがあれば、四十階層までは無傷で行けるだろう。そこまでは足を止めずに行くぞ」

「「は、はい……」」

自分たちとは比べものにならない強者《つわもの》のオーラに、反射的に返事をしてしまった二人。一応、このパーティのリーダーは春重なのだが、経験値で言ったら圧倒的に桜子が上。わざわざ彼女の判断に逆らう意味はない。

ところで、何故彼らは新宿ダンジョンに来たのか。

それは、アブソリュートナイツが攻略に失敗したからである。彼らが攻略できなかったということは、当分の間、新宿ダンジョンはそのまま最難関ダンジョンとして君臨し続ける。つまり、慌てて探索しに来る必要はない、ということだ。

こういった理由で、攻略に失敗したダンジョンは、一時的に人気が減るという特徴がある。探索者が減れば、その分モンスターが狩りやすくなり、多くのドロップアイテムを手に入れることができる。その傾向を教えてくれたのも、この九重桜子だった。

「む？」

三十一階層にたどり着いた三人の前に、巨大な蛇のモンスターが現れた。桜子は振り返ると、春重たちに向かって得意げな笑みを見せる。

「やつは私に任せろ。お前たちに実力を見せるには、ちょうどいい相手だ」

そう言いながら、桜子は太刀を抜いた。

第二十五話　勘違い

名前：
種族：エンペラースネーク
年齢：
状態：通常
ＬＶ：36
ＨＰ：９７２／９７２
ＳＰ：１１０／１１０
スキル：『噛《か》みつき』『硬質化』『毒（ＬＶ４）』

新宿ダンジョンには、いくつか鬼門と呼ばれる階層があった。その階層では、下の階層と比べて一気にモンスターのレベル帯が上がる。軌道に乗り始めた探索者が躓《つまず》きやすいことから、それは『ジュクの洗礼』と言われていた。

『シャァアア』

敵を見定め、エンペラースネークが威嚇《いかく》する。太刀を構えた桜子は、少しの動揺も見せず、たった一度だけ地を蹴った。

「……え？」

驚きの声を漏《も》らしたのは、春重《はるしげ》だった。自分の目の前にいたはずの桜子が、気づけばエンペラースネークの隣に立っている。この場にいる者で、彼女の移動を認識できた者はいない。もちろん、そこにはエンペラースネークも含まれる。

「どうした？　間合いだぞ」

桜子が声を発したことで、エンペラースネークはようやく自分の懐《ふところ》に彼女が入り込んでいることに気づいた。そして、すぐさま攻撃を仕掛ける。毒を持つ鋭い牙が、桜子に迫る。彼女はそれをいとも簡単にかわしてみせると、すれ違いざまに太刀を振った。

「……しまったな、もう少し派手に戦えばよかった。これでは見栄えが悪い」

エンペラースネークの頭が地面に転がる。残った胴体も、どくどくと血を吹き出しながら、横たわるようにして頭の側に落ちた。まさに一瞬の出来事。春重たちが認識できたのは、桜子が地を蹴った瞬間だけだ。

名前：九重桜子
種族：人間
年齢：24
状態：通常
ＬＶ：１３９
所属：NO NAME

ＨＰ：２４９９／２７８１
ＳＰ：２１０３／２９１３

スキル：『太刀（ＬＶＭＡＸ）』『鑑定』『精神耐性』『緊急回避（ＬＶ８）』『索敵（ＬＶ６）』『反応速度向上』『直感』『空間跳術（ＬＶ７）』『腕力強化』『脚力強化』『属性耐性』『体術（ＬＶ６）』『毒耐性』『痛覚耐性』

――――やっぱり、とんでもないステータスだな。

『鑑定』スキル越しに、春重は息を呑《の》んだ。穴熊のステータスを見たときも愕然《がくぜん》としたが、桜子はその比じゃない。彼女よりも強い探索者がいるということが、とても信じられないほどだ。

「お気に召したか？」

「そ、そりゃもう……」

春重は思わず拍手していた。

「あ、あの……！」

その隣で呆然《ぼうぜん》としていた真琴が、突然ハッとした様子で桜子に詰め寄る。

「なんだ？」

「ずっと気になってたんですけど……どうして、アブソリュートナイツを抜けたんですか？」

「ああ、その話か」

あの最強パーティを抜けて、こんな無名のパーティに籍を置きたがった理由。真琴と春重にとって、この話はなんとなく訊《き》きづらいものだった。

「あのパーティには未来がない。抜けた理由はそれだけだ」

「未来がない……？」

「リーダーである神崎レオンのレベルは、ハリボテだった。大方、弱いモンスターを狩り続けてレベルを上げたのだろう。格下とばかり戦ってきたせいで、強敵と戦うときの心構えがない。故に、死力を尽くせば勝てるはずの相手にも、腰を抜かしてしまう」

桜子が顔をしかめる。九十階層で行われた、アシュラオーガとの戦い。桜子にとって、あの戦いは決して勝てないものではなかった。ひとりでも善戦できたのだ。神崎レオンの力と、仲間たちのバフがあれば、アシュラオーガの首に刃が届いたはずなのだ。

そうと分かっているのに、みすみす退却した悔《くや》しさを、桜子は一生忘れない。

「私は武芸者として、どこまでも強くなりたい。そのためには、九十階層を突破し、さらに深層のモンスターと戦いたいのだ。……お前たちとなら、それを果たせると思ってな」

「「……」」

「ふっ、年甲斐《としがい》もなく語ってしまった。む、どうした？」

春重と真琴は、冷や汗を流しながら顔を見合わせた。

「えっと……俺たち、深層を目指すつもりはないんだ」

「何⁉」

「生活費さえ稼《かせ》げればよくて……」

桜子が目を見開く。

元々、春重たちは生活費を稼ぐためにここにいる。この階層で稼ぎ続ければ、安全に、そして安定した収入を得ることができる。これ以上の階層を目指す理由は、皆無と言っていい。

「……」

この沈黙から分かる通り、桜子は彼らが名高い探索者が贔屓《ひいき》にしている『穴熊商店』の客であるが故に、成り上がりを目的としている探索者だと勘違いしていたのだ。ミステリアスな女を装《よそお》うべく、何も言わずにパーティに参加したことが間違いだった。

しかし、勘違いだったから今すぐパーティを抜けるというのは、義理人情を重んじる桜子の武士道に反する。

――深層を目指すつもりがないのであれば、その意思を変えてやるまで。

桜子は、ポンコツな頭をフル回転させる。この二人は、自分と並ぶ探索者になる。根拠は『直感』による不確定なものだが、己の強さに絶対の自信を持つ桜子は、その感覚すら疑わない。

「……気にするな。私はお前たちが深層を目指さなくても一向に構わん」

「……」

――そう言う割には、ずいぶん不満げだな。

目が泳ぎまくっている桜子を見て、春重は疑いの目を向ける。桜子は嘘《うそ》をつけない。彼女なりに精一杯誤魔化しているつもりだが、春重たちにはバレバレだった。

「今は先に進むとしよう。いずれ新宿ダンジョンを攻略――じゃなかった。共に歩むパーティメンバーとして、連携力を高めていこうではないか」

そう言いながら、桜子はずんずんと進んでいこうとする。

「不安だ……」

「不安ですね……」

春重と真琴は、揃《そろ》って顔をしかめた。

第二十六話　実験

春重《はるしげ》はエンペラースネークの嚙《か》みつきをかわし、その体に刃を突き立てた。見事地面に縫いつけられたエンペラースネークは、しばらくもがき苦しんだあと、その命を散らした。

「ふう……」

ドロップアイテムである蛇革を拾い、春重は額の汗を拭《ぬぐ》う。敵のレベルも高くなり、普段より緊張感のある戦いが続いている。ずいぶん時間も経過し、少しずつ疲労も溜《た》まってきた。

「新手だ」

桜子《さくらこ》がそう呟《つぶや》くと、向こうから二体のエンペラースネークが向かってくるのが見えた。春重と桜子は剣を構え直し、真琴は矢を番《つが》える。

「真琴！　蛇の進行を止めてくれ！」

「はい！」

春重の指示に従い、真琴が放つ。矢はエンペラースネークの眼前に突き刺さり、上手《うま》く怯《ひる》ませた。

「春重！」

「ああ！」

春重と桜子は『空間跳術《くうかんちょうじゅつ》』を使用し、一気に距離を詰める。そしてエンペラースネークの首を、瞬く間に刎《は》ねた。

その刹那、岩陰から三匹目のエンペラースネークが飛び出してきた。鋭い毒牙が、春重へと迫る。

「すら一郎《いちろう》」

もう一体いることとくらい『索敵』スキルでとっくに分かっていた。

春重は服の中に潜ませていたすら一郎に命令を出し、エンペラースネークの頭をその体で包ませる。目と鼻を塞《ふさ》がれたことでパニックになったエンペラースネークの隙《すき》を突き、春重は再び一振りで首を落とした。

「ありがとう、すら一郎」

褒《ほ》められたすら一郎は、嬉《うれ》しそうに飛び跳ねながら春重のジャージの中に戻ってくる。その様子を、桜子は黙って見つめていた。

「……どうした？」

「いや、モンスターをここまで手懐けられるなんて、つくづくおかしなスキルだと思ってな。確か、わーるどていむと言ったたか」

「ああ」

『調教《テイム》』とは明らかに違う性能に、桜子は好奇心を掻《か》き立《た》てられていた。春重の説明では、人間すら操ることができるとのことだが、本人がその危険性についていまいち理解していないことも、また桜子の興味を惹《ひ》く。

「面白そうだ。試しに私にかけてみてくれ」

「えっと……なんの意味があって？」

「意味などない。好奇心だ」

「う、うーん……」

胸を張って『支配』を待つ桜子を見て、春重は困り顔で頬を掻いた。そんな春重と桜子の間に、真琴が割り込んでくる。

「な、何やってるんですか⁉　自分からその……春重さんの言いなりになるなんて！」

「これはあくまで実験だ。私レベルの相手を操ることができるのなら、大抵の敵は春重のスキルだけでどうとでもなるということが分かるだろう。それに私は『精神耐性』スキルを持っている。それすらも貫通するようなら、まさに無敵のスキルということがはっきりするではないか」

「ム……むむ」

割と正論を言われてしまい、真琴は押し黙ってしまった。確かに、春重自身もこのスキルがどこまで通用するのかは興味がある。今のところ分かっている条件は、レベルによって必要ＳＰが変わるということだけ。

『精神耐性』は精神的なストレスを軽減したり、洗脳攻撃を防いだりするパッシブスキル。もし『万物支配《ワールドテイム》』が精神に干渉するものなら、このスキルを持っている敵には通用しない可能性がある。そこを明らかにしなければ、いざというときにSPを無駄に消費してしまう。

「試したいけど、今は無理だな」

「何故《なぜ》だ？」

「桜子を支配しようとしたら、俺のSPは半分以上持っていかれる。まだ探索を続けたいし、一気にSPを失うのはちょっと困るぞ」

　現在の春重のステータスはこうだ。

名前：山本春重
種族：人間
年齢：38
状態：通常
LV：48
所属：NO NAME

HP：1251／1251
SP：1339／1503

スキル：『万物支配《ワールドテイム》』『鑑定』『精神耐性』『ナイフ（ＬＶ４）』『緊急回避（ＬＶ７）』『索敵（ＬＶ８）』『闘志』『直感』『両手剣（ＬＶ８）』『空間跳術（ＬＶ６）』『極限適性』『毒耐性』

桜子に対して『万物支配《ワールドテイム》』を使用すると、半分以上のＳＰを持っていかれる計算になる。春重の戦闘スタイルならＳＰを節約しながら戦えるが、万が一のことも考えて、常に１０００以上は確保しておきたいというのが本音《ほんね》だった。

「ならばこれを使え」

そう言いながら、桜子は液体の入った試験管を手渡してくる。

「ＳＰポーションか？」

「ＳＰハイポーションだ。最大ＳＰの半分を回復できる」

「へぇ」

ポーションを受け取った春重は、真琴が目を見開いて口をパクパクさせていることに気づいた。

「そ、それ……確か一本五十万円はする高級ポーションですよね……」

「ああ、そうだが？」

「実験のためにポンと出していいものじゃないですよ⁉　大金じゃないですか！」

「たかが五十万だろう。八十階層で狩りをすれば、一度でこの数倍は稼《かせ》げる」

「か、金持ちめ……！」

感情が荒ぶり、キャラ崩壊を起こしかけている真琴を抑えながら、春重は桜子に問いかけた。

「本当にいいのか？　テストのためにこんなものまで使って……」

「問題ない。互いの手の内を把握するためなら、必要経費だ」

「……分かった」

春重は、桜子に手を向ける。

「『支配《テイム》』！」

名前：山本春重
種族：人間
年齢：38
状態：通常
ＬＶ：48
所属：NO NAME

HP：1251／1251
SP：609／1503
スキル：『万物支配《ワールドテイム》』『鑑定』『精神耐性』『ナイフ（LV4）』『緊急回避（LV7）』『索敵（LV8）』『闘志』『直感』『両手剣（LV8）』『空間跳術（LV6）』『極限適性』『毒耐性』

SPをごっそり持っていかれる感覚が、春重を襲う。

『万物支配《ワールドテイム》』の対象になった者は、すぐさま命令待機中になり、春重の言うことを聞くようになる。しかし、桜子の様子には、別段変化のようなものは見られなかった。

「……あれ？」

「どうした？」

「いや、発動はしてるはずなんだが……」

「……特に変化はないな」

――やはり『精神耐性』持ちには通用しないのだろうか？

春重がそう思った矢先、視界の端におかしなものが映った。それは、ステータスウィンドウに似た何かだった。ウィンドウの中には、一本のゲージと、パーセント表記がある。ゲージは徐々に増えており、それに伴ってパーセントの数字も増えていた。

「まさか……」

春重は、すぐにこのウィンドウの正体にたどり着いた。そして間もなく、ゲージがマックスになる。すると、桜子に異変が起きた。

「っ！」

突然体を震わせたかと思いきや、その場にしゃがみ込んでしまった。慌てて春重と真琴が顔を覗《のぞ》き込《こ》む。彼女の目は虚《うつ》ろで、体は脱力し切っている。『支配』が成功した証拠だ。

「とりあえず……成功した、のか？」

春重がそう言うと、突然桜子が目を見開いた。驚いた矢先、桜子は春重に向かって飛びかかる。

「なっ――――」

「我が主！」

「は、はぁ」

急に抱き着いたかと思えば、桜子はその場に膝《ひざ》をつき、春重に向かって頭《こうべ》を垂《た》れた。

「さあ、我が主。なんなりとご命令を」

「……ど、どうなってるんだ？」

桜子の急変っぷりに、二人は茫然《ぼうぜん》とすることしかできなかった。

第二十七話　挑戦の決意

「えっと……演技か？」

「まさか。私の忠誠心に偽《いつわ》りなどあるはずがありません」

「……」

桜子《さくらこ》は、媚《こ》びた目で春重《はるしげ》を見つめている。

一体どういう状況なのだ。春重は答えを求めて真琴を見る。言うまでもなく、真琴は答えを知らない。首を横に振った彼女を見て、春重は困った様子で眉をひそめた。

「『黒狼《こくろう》の群れ』にスキルを使ったときは、こんなことにはならなかったんだけど……」

「どういうことなんでしょう……？」

桜子のステータスを見ても、特におかしなところは見られない。

「とりあえず、解除してみるか」

――――あれ？

「春重さん？」

「このスキル……どうやって解除するんだ？」

◇◆◇

「……なるほど、このスキルは一度発動したら、解除はできないのか」

「すまない、桜子……」

「かけろと言ったのは私だ。気にするな」

あれから試行錯誤を繰り返したが、結局桜子に施した『万物支配《ワールドテイム》』を解除する方法は分からなかった。『自分の意思で動け』という命令を下すことで、桜子は普段の状態に戻ったが、依然としてステータスには命令実行中の文字が刻まれている。

「それにしても……使用者の意思ですら解除できないスキルか。まるで呪いのようだな」

「……」

「あ……す、すまない。他意があったわけではないのだ」

「いや、言い得て妙だなと思って」

桜子の発言に悪意がないことは分かっていた。スライムの感情がなんとなく読み取れるようになったのと同じように、桜子の感情も、朧《おぼろ》げながら春重の中に流れ込んでくるようになってしまったのだ。

ある意味呪いと言われても、春重はそれを否定できない。

「……ともかく、春重が私に命令を出さなければ、これまで通りなのだろう？　ならば問題ないな」

「そうもいかない。このスキルを解除しないと、俺の気持ちが晴れないよ」

「ううむ……」

桜子が考え込む様子を見せる。

春重は、この状況をなんとしても解決したかった。桜子の感情が流れ込んでくるなんて、まるで心を読んでいるようで罪悪感が押し寄せてくる。そのことを伝えるつもりはないにしろ、隠し続けること自体が、春重にとっては重いストレスとなる。『精神耐性』でも緩和《かんわ》しきれないくらいに。

「……確か、スキルなどの特殊効果を一度だけ無効にするアイテムがあったはずだ」

「っ！　それはどこに？」

「探索者横丁に売っている。値段は決して安くないが……」

「分かった。それを買ってみよう」

「……お前は、真面目で誠実な男だな」

「え？」

「なんでもない。その店には、私が案内しよう。あとで日程を調整するぞ」

それまで黙って話を聞いていた真琴だったが、あることを思い出し、口を開く。

「そう言えば、桜子さんにスキルを使うとき、発動まで時間がかかってませんでした？」

「ああ、そうだったな。どうやら、レベルの高い相手に『支配』を使うと、効果を発揮するまでに時間がかかるみたいだ」

「時間、ですか」

「大体三十秒くらいかな。『精神耐性』のせいか、レベルが高いせいか、そこはまだ分からないけど、それくらいはかかったと思う」

『万物支配《ワールドテイム》』は凄《すさ》まじいスキルだが、何事にも制限はある。支配するには対象に意識を集中しなければならず、桜子のような実力者相手には、それを三十秒も継続しなければならない。桜子相手に三十秒稼《かせ》ぐというのは、なかなかに至難の業だ。下手をすれば、その三十秒で春重が命を落としてしまうことだってあり得る。

「……だが、少なくともレベルが１４０近くあろうが『精神耐性』を持っていようが、時間さえあれば支配することが可能ということだろう？」

「まあ、そうなるな」

「先ほど私が言ったスキルを無効化するアイテムだが、実はひとつだけ、ただで手に入れる方法がある」

桜子から伝わってくる得意げな感情に、春重は嫌な予感を覚えた。

「そのアイテムの名は『解呪の腕輪《ディスペルバングル》』。八十階層以降にある宝箱から見つかった未解明兵器《アンノウンパーツ》だ。あの辺りはまだ隅々まで探索できていないから、きっと同じアイテムがいくつか眠っているはず」

「それを見つければ、ただでスキル解除ができるかもって？」

「ああ、その通りだ」

春重は頭を抱えそうになった。八十階層以降は、あのアブソリュートナイツですら苦戦した難所中の難所。アシュラオーガのいる九十階層にたどり着くまでに、数日もの時間が必要だったほどだ。

出てくるモンスターたちのレベルがとにかく高く、一瞬の油断で命を取られる可能性があった。

そんな階層で、経験不足も甚だしい春重たちが生き残れるとは思えない。たとえ桜子のサポートでなんとか進むことはできても、階層をくまなく探索できるほどの余裕はない。

「階層をくまなく探すのは、相当な危険を伴う。だが、春重のスキルがあれば、フロアボスすらも支配できるんじゃないか？　フロアボスに階層内のモンスターを引きつけてもらって、その間に探索を終えれば、比較的安全にアイテムを手に入れることができるかもしれん」

「ま、まさかぁ……」

そう声を漏《も》らしたのは、真琴だった。アブソリュートナイツが倒せなかったボスに対し、支配のための三十秒を稼げるとは思えない。しかし、桜子はすぐに言葉を続けた。

「私と真琴がいれば、三十秒くらいなら余裕を持って稼げる。春重のスキルが決まれば、私たちはフロアボスを突破し、様々なアイテムを総取りできる。こんなに簡単でうまい話、他にあるか？」

「……」

――――ないな。

八十階層以降を安全に探索できるようになれば、春重たちも一気に億万長者だ。安定した生活を送りたいと考えていた春重だが、いつまで稼ぎ続けられるかは分からないわけで。一気に稼ぐことができれば、心に大きな余裕が生まれる。いつ探索できなくなっても、まとまった金があれば引退の判断も容易だ。しかもそれが比較的安全な手段で叶《かな》うのなら、挑戦する価値は十二分にある。

「……俺たちのレベルは、ここからどれくらい上げればいいと思う？」

「最低70は欲しいところだな。それくらいあれば、戦闘スピードについてくることができるはずだ。まあ、道中の敵は私ひとりでどうとでもなるが」

あと20以上のレベル上げ。今のペースを維持できれば、一ヵ月以内には達成できる、現実的な数字である。

「……真琴はどう思う？」

「わ、私は……」

考え込んでいた真琴は、一度言葉に詰まったあと、呼吸を整《ととの》えて再び口を開いた。

「危険は承知ですが、桜子さんがいてくれるなら、一度くらい挑戦してもいい気がします。弟たちの学費が貯《た》まれば、気持ち的にも楽になるので」

「そうか……そうだな」

八十階層以降で探索できれば、学費など簡単に支払うことができる。その後は生活費だけを稼ぐために、安全に狩れる階層で今まで通りに活動すればいい。一度の危険が、一生の安全につながるとも考えられる。

「……やるなら、とにかく安全第一だ。少しでも状況が悪くなったら、すぐに引き返す。それでいいか？」

「ああ、いいだろう」

「はい……！」

二人の返事を聞いて、春重は深く頷《うなず》いた。

第二十八話　事前準備

――――新宿ダンジョン、五十階層。

「『シュタルクアロー』！」

真琴《まこと》の放った矢が、ブルーオーガというモンスターの群れの脳天をまとめて貫く。矢は止まることなく突き進み、やがて後方の壁に深々と突き刺さった。その威力は、放った本人すら驚いてしまうほどだった。

「……真琴の新しい技はすごいな」

「ああ、この威力なら、アシュラオーガにも届くはずだ」

――――ついに。

戦いを見守っていた桜子《さくらこ》の言葉で、春重《はるしげ》はときが来たと悟った。深層を目指すことになってから、早一ヵ月弱。春重と真琴は、五十階層、六十階層のモンスターすら相手にならないほどのレベルに到達していた。

名前：山本春重
種族：人間
年齢：38
状態：通常
LV：73
所属：NO NAME

HP：2037／2037
SP：2192／2192

スキル：『万物支配《ワールドテイム》』『鑑定』『精神耐性』『ナイフ（LV4）』『緊急回避（LVMAX）』『索敵（LVMAX）』『闘志』『直感』『両手剣（LVMAX）』『空間跳術（LVMAX）』『極限適性』『毒耐性』『体術（LV7）』『反応速度向上』『痛覚耐性』『腕力強化』『脚力強化』『属性耐性』『集団戦適性』『一騎打ち適性』『集中』

名前：阿須崎《あすざき》真琴

種族：人間
年齢：18
状態：通常
LV：70
所属：NO NAME

HP：1866／1866
SP：2067／2117
スキル：『弓術（LVMAX）』『緊急回避（LV9）』『危険感知（LVMAX）』『索敵（LV8）』『集中』『装填速度上昇』『魂力矢（LVMAX）』『攻撃力上昇・遠距離』『反応速度向上』『痛覚耐性』『腕力強化』『脚力強化』『属性耐性』『集団戦適性』『一騎打ち適性』『闘志』

春重は25、真琴は30もレベルが上がっている。

139という人類最高峰のレベルに到達するまで、桜子は十年近くの歳月を費《つい》やした。桜子の経験上、ここまでレベルを上げるには、最低でも一年はかかる。

――やはり、この二人には何かあると思っていた。

桜子は、終始興奮を抑えられないでいた。この圧倒的な成長スピードと、春重のユニークスキルがあれば、新宿ダンジョンの完全攻略すら見えてくる。さらなる高みへ上り詰めることも夢ではない。

――それにしても。

桜子は自身のステータスウィンドウに目を向ける。

名前：九重桜子
種族：人間
年齢：24
状態：命令実行中
LV：145
所属：NO NAME
HP：3244／3244
SP：3561／3561

スキル：『太刀（ＬＶＭＡＸ）』『鑑定』『精神耐性』『緊急回避（ＬＶＭＡＸ）』『索敵（ＬＶＭＡＸ）』『反応速度向上』『直感』『空間跳術（ＬＶＭＡＸ）』『腕力強化』『脚力強化』『属性耐性』『体術（ＬＶＭＡＸ）』『毒耐性』『痛覚耐性』『集団戦適性』『一騎打ち適性』『集中』『闘志』

ほとんど上がらなくなっていたレベルが、６も上がっている。

たった一ヵ月、それも桜子のレベルとは釣り合わない浅層での戦闘で、この効率はあり得ない。

「くく……ますます逃がすわけにはいかなくなったな……」

「……？」

突然笑い出した桜子に対し、春重は首を傾《かし》げるが、その理由については怖くて聞けなかった。


「よし、今日はここまでにしよう」

春重の言葉に、真琴と桜子が頷《うなず》く。

「あとは探索者横丁で準備を整《ととの》えて、それから八十階層に挑戦する……問題ないか？」

「ああ、今の二人なら、十分ついてこれるはずだ」

「……分かった」

春重は真琴と目を合わせる。まだ二ヵ月も経《た》っていないのに、十階層でヘビーリザードやブラックウルフを狩っていたときが懐かしく思える。あのときは、まさかこんな深層まで来ることになるなんて、考えもしなかった。

「ひとまず、明日は探索者横丁集合で」

最後に春重がそう締めくくり、三人はダンジョンをあとにした。

◇◆◇

翌日の朝十時。

春重は探索者横丁があるN上野駅で、二人を待っていた。彼の人生において、休日に女性と出かけるなんてイベントはなかなか経験できるものではないのだが、解呪の腕輪《ディスペルバングル》を手に入れ、桜子にかけた支配を解除するという目的に集中している彼にとっては、もはやそれどころではない。

「……はぁ」

青い空を見上げ、春重はため息をつく。

春重の中には、ひとつの迷いがあった。果たして、真琴を深層に連れていっていいものか。稼《かせ》ぎに比例して、リスクも今の何十倍に跳ね上がる。失うものがほとんどない春重や、圧倒的な実力と経験を持つ桜子と違い、彼女には家族も将来もあるのだ。できることなら、危険に晒《さら》したくない。

とはいえ、真琴は意地でもついてくるだろう。一度決めたことをあとから曲げるなんて、彼女のプライドが許さない。何度考えても、結論は同じだった。

「……真琴は、ちゃんと俺が守らないとな」

「へ？」

声がして、春重は顔を上げる。

そこには、カジュアルな格好をした真琴が立っていた。

「おっと、おはよう。真琴」

「お、おはようございます……って、それどころじゃなくて！」

「……？」

「今の言葉！　そ、そそそその！　どういう意味でしょうか？」

「どういう意味って……朝の挨拶をしただけなんだけど」

「そ、そうじゃなくて！」

「……なんか言ったかな？」

本気で考え込む春重を見て、真琴は愕然《がくぜん》とした。彼女は確かに聞いたのだ。真琴は、ちゃんと俺が守らないとな――――と。

しかし、春重にとってその言葉は無意識のうちに出たものだった。集中しているとうわ言を呟《つぶや》い

てしまう癖は昔からであり、よく会社の同僚が自分に話しかけられていると勘違いして、混乱することが多々あった。

「……悪い、覚えてないな」

「そう、ですか……」

真琴は残念そうに肩を落とす。

しかし、自分が大切に思われていることは事実なのだと思い直し、頬を緩めた。

第二十九話　見栄《みえ》っ張《ば》りな男

「すまない、待たせたか」

「いや、時間通りだよ」

「そうか、ならよかった」

最後に来たのは、桜子だった。桜子は、待ち合わせの時間ぴったりに来るタイプだった。ちなみに真琴は五分前、春重《はるしげ》は二十分前である。

何故《なぜ》春重がそんなに早く到着するようにしているのか。それはもちろん、電車の遅延や突然の腹痛などで遅刻しないためだ。前の会社では、いかなる理由だろうと遅刻にはペナルティがあったため、それを避けるには二十分前行動が必要だったのだ。

「それじゃあ行こうか。まずは色々買《か》い揃《そろ》えていかないとな」

三人は探索者横丁へ向けて歩き出す。

相変わらず賑《にぎ》やかな探索者横丁。ここでやるべきことは、ポーションや便利なダンジョンアイテムの購入である。ダンジョンアイテムの中には、使用することで強制的にダンジョンの外に出ることができるものや、一定時間モンスターに気づかれなくなる結界を張ることができるものがある。

こういったものは、希少かつ探索者の命を守るためのものとして重宝され、値段が高い。

――ひと月の稼《かせ》ぎがパーだな……。

店を回るたびに薄くなっていく財布を想《おも》い、春重は苦笑いを浮かべた。

大体のアイテムが揃った頃、春重の貯金は三分の一になっていた。

「あの……全部春重さんが出してくれましたけど、本当にいいんですか？」

「ん？　ああ、大丈夫だ。二人に金を出させるわけにはいかないからな」

「で、でも……」

「俺の我儘《わがまま》に付き合ってもらうんだ。これは当然のことなんだよ」

「……」

春重の芯のある言葉を受けて、真琴は押し黙ることしかできなかった。

「桜子も、それでいいな？」

「……お前がそう言うなら仕方あるまい」

財布を出すことができず、不満そうにしていた桜子は、そう言いながら肩を竦《すく》めた。男とはほぼ無縁な生活を送ってきた桜子だが、男には意地というものがあることは理解している。故に、これ以上何かを言及することはしなかった。

「必要なものは大体揃った。あとは桜子の武器を取りに行って終わりか」

「ああ、そうだな」

三人が穴熊《あなぐま》の店に向かおうとした、そのとき。突然男たちが春重の前に立《た》ち塞《ふさ》がった。そしてその先頭にいる男の顔を見て、桜子は顔をしかめる。

「久しぶりだね、桜子。ようやく見つけたよ」

「……レオン。なんの用だ」

「つれないな。パーティメンバーなんだから、いつ話しかけたっていいだろ？」

そう言いながら、日本最強の探索者、神崎《かんざき》レオンは笑みを浮かべる。

「パーティメンバーだと？　ふざけるな。私はとっくにお前のパーティを抜けている」

「認めた覚えはないよ。君の力は、僕が新宿ダンジョンを攻略するために必要なんだ」

レオンは、春重を押《お》し退《の》けるようにして桜子の前に立った。

「なっ……！」

「邪魔だよ、おじさん。そんなところに突っ立ってるんじゃない」

その態度に怒りを覚えた桜子は、レオンを鋭く睨《にら》みつける。

「彼は私の主人だ。傷つけるような真似《まね》は決して許さん」

「主人……？　おお、見ないうちに冗談も言えるようになったんだね」

桜子から向けられる怒りを、レオンは完全に無視していた。図太い――――と思われるかもしれないが、単に自分は何をしても許されると勘違いしているだけである。

「僕は再び新宿ダンジョンの攻略に挑む。……桜子、そのためにも君の力が必要なんだ。いい加減意地を張ってないで、僕のもとに戻ってきたらどうだい？」

「断る。お前のような腰抜けと組んでいたら、命がいくつあっても足りん」

「僕が……腰抜け？　な、何を言ってるんだよ、桜子。日本で一番レベルが高い僕が、腰抜けなわけないだろ？」

「さあな。自分の胸に手を当てて考えてみろ」

「っ……」

痛いところを突かれたレオンは、分かりやすく顔を歪《ゆが》めた。

そして不満げにしている春重と真琴を見て、バカにしたように笑う。

「まさか、このおじさんたちが君のパーティメンバーとでも言うのか？　ははっ、有能な探索者にはとても見えないが」

「……失礼な人ですね」

「おっと、ごめんよ。君のことをバカにしたつもりはないんだ。女の子は、一緒にいてくれるだけでモチベーションを上げてくれるからね。たとえ弱くても役には立つよ」

「……」

レオンとしては、精一杯フォローを入れたつもりだった。それが逆効果になっているだなんて、夢にも思わない。

「少なくとも、アシュラオーガを前にして腰を抜かすような臆病者よりは、よほど有能で、勇敢だ」

「こ、腰を抜かしただなんて……あれはアシュラオーガから受けたダメージで立ち上がれなかっただけだ！」

「その割には傷も少なかったが……どんなダメージを受けたんだ？」

「ぐっ……し、しばらく見ないうちに揚げ足を取ってくるようになったね、桜子。前はこんなに喋《しゃべ》らなかったじゃないか」

「お前との会話に意味を見出《みいだ》せなかっただけだ。普段の私はかなりおしゃべりだぞ」

その言葉に頷《うなず》いたのは、春重と真琴だった。

探索の休憩中、最初に口を開くのは、決まって桜子だ。階層を進むたびに余裕がなくなっていく二人に対し、桜子は常に緊張を紛らわせるような話を投げてくれた。気持ちに余裕がない状態の危うさを、よく知っているからだ。

「……どうしても僕のパーティに戻ってこないつもりかい？」

「ああ、そうだ」

「じゃあ、僕にも考えがあるよ」

レオンが踵《きびす》を返す。

「桜子、君は必ず僕に懇願《こんがん》するだろう。『どうかまた、アブソリュートナイツに入れてください』とね。そのときが待ち遠しいよ」

「相変わらず現実が見えていないな。だから攻略に失敗するんじゃないか？」

「っ……！　ほざいてろ！」

そう吐き捨てたあと、レオンは仲間を連れて去っていった。

第三十話　支配のスキル

「なんなんですか！　あの人は！」

穴熊の店にやってきた三人。人目を気にして我慢していた真琴の怒りが、ついに爆発した。

「一方的に話したと思えば、春重《はるしげ》さんに失礼なことして……あんな人が国内トップ探索者なんですか⁉」

「あー、レオンの坊やか。あの子はずっと前から傲慢な発言が目立ってたねぇ」

煙草《たばこ》をふかしながら、穴熊はクックックと笑う。

「威勢だけはいいんだけど……ここ一番でのメンタルが壊滅的って話は聞いてるよ。計画通りにいかないとすぐに慌てちまって、リーダーとしての指示が出せなくなるってね」

「その話は正しい。やつがもう少し冷静さを保てる男なら、九十階層などとっくに突破していただろう」

アシュラオーガの前で尻餅《しりもち》をついたまま動かなくなったレオンを思い出し、桜子は憎々しげに奥歯を噛《か》み締《し》める。

桜子は、決してレオンの心の弱さを責めているわけではない。逸脱した実力があるのなら、どんなに横柄な態度でも構わないとすら思っている。自分はそういう態度を取るつもりはないが、力にはそれだけの価値があると考えているからだ。

しかし、実力や態度に見合わぬ成果しかあげられない者には、厳しい視線を向ける。普段は肩で風を切って歩いているくせに、勝てる戦いをみすみす逃したレオンに対し、もはや仲間という意識はまったくない。

「悪いことをしたな、春重」

「どうして桜子が謝るんだ？」

「仮にも私の元パーティメンバーが無礼を働いたんだ。謝罪する理由はある」

桜子がいなければ、レオンが春重に絡《から》むこともなかった。その点において、桜子に原因がないとは言い切れない。もちろん、春重がそんなことを気にするはずもないが。

「桜子が謝る必要なんてない。真琴も、俺は気にしてないから、今は怒りを収めてくれ」

「むう……」

不満げに頰を膨《ふく》らませる真琴を見て、春重は頰を緩める。

レオンのことは置いといて、春重は、まったく別の問題について考えていた。

――『万物支配《ワールドテイム》』は、一体どこまで影響を及ぼしているのだろう。

レオンとの会話の中で、激昂《げきこう》した桜子が口にした主人という言葉が、春重の中でずっと引っかかっていた。桜子は、春重の命令によって自分の意思で動いている。しかし、今の彼女が本当に自分の意思で動いているかどうか、判断する方法がない。

現に桜子は、おそらく無意識のうちに、春重を主人と呼んだ。なんにせよ、彼女の中に支配されている感覚があるということだ。

早いところスキルを解除しなければ、今後どんな影響が出てしまうか分からない。レオンのことなど、考えている場合ではないのだ。

「そうだ、あんたたち、武器を受け取りに来たんだろ？」

そう言いながら、穴熊は部屋の奥から桜の模様が刻まれた太刀を持ってきた。

「これは……」

「いい刀になったろう。『桜一文字』……それがこいつの名だ。お前のイメージによく合ってると思う」

「ああ、試し斬りも済んでいないが、すでに気に入った」

桜子は満足げに頷《うなず》く。

刃には、美しい刃文が浮かび上がっていた。一度見ただけで、その怪しげな魅力が、目を惹《ひ》きつけて離さない。

「刃に関しては、桜の花びらが浮いた水面をイメージした。血飛沫《ちしぶき》という花びらを、刃文という名の水面に浮かべてやっておくれ」

「ふっ、洒落《しゃれ》も利《き》いているときたか。ますます気に入った」

刀を腰に納めた桜子に許可を取り、春重は『鑑定』を使用する。

名前：桜一文字
種別：太刀（★★★★★★★★）
状態：通常
HP：70000／70000
スキル：『自動修復《オートリペア》』『太刀補正＋2』『攻撃補正』『速度補正』『能力解放・太刀』

「星8か……すごい武器だな」

「あたしの最高傑作と言っていい武器だね。春重と真琴にも、いつかこれくらいの武器を作ってやるよ」

そう言いながら、穴熊は得意げに笑った。

「……にしても『能力解放』ってのはなんだろうね」

「何？　お前が付与したスキルじゃないのか？」

「いや、あたしが完成させたときには、そんなスキルなかったよ。ってことは、あんたが手に持った瞬間に開花したってわけだ。……面白そうなスキルだね」

「まあ、デバフでなければなんでもいい。この刀はもらっていくぞ」

「ああ、存分に使っておくれ」

穴熊は目を伏せ、煙草の灰を灰皿に落とす。

「引退した身で心配するとか、柄じゃないと思ったんだけどね……あんたらが目指す八十階層以降は、一瞬の油断で命を落とす危険なエリアだ。どうしてもそこに行きたがる理由は訊《き》かないけど、とにかく――――生きて帰っておいで」

穴熊は、春重たちに背を向けた。話している途中で、恥ずかしくなってしまったのだろう。その様子が普段の彼女と不釣り合いすぎて、春重たちは思わず笑った。

「……はい」

「行ってきます！」

春重と真琴がそう返事をして、三人は店をあとにする。

◇◆◇

新宿ダンジョン。あまりにも深すぎるそのダンジョンの奥地、アシュラオーガが守る九十階層よりも、さらに深層……広大な広間に設置された玉座に、白銀の髪を持つ少女が座っていた。

「……地上から、面白いやつの気配がする」

外見にそぐわない、邪悪な笑みを浮かべた少女は、まるで恋焦《こいこ》がれるような視線を上へ向けた。

ダンジョンの外にいる、何者かへ――。

「来い……支配のスキルを持つ者よ」

第三十一話　本番

七十階層――――。

春重《はるしげ》と真琴《まこと》にとって、そこは未踏の地だった。

「デビルスケルトンか……厄介な敵だな」

桜子が呟《つぶや》く。

三人の前には、白骨化した悪魔のような外見を持つモンスターが待ち構えていた。

「『鑑定』」

春重の視界に、モンスターのステータスが表示される。

名前：
種族：デビルスケルトン
年齢：
状態：通常

LV：81
HP：1577／1577
SP：0／0
スキル：『大鎌（LV7）』『緊急回避（LV5）』『本能強化』

――――強い。


レベル81。現状の春重よりも、レベルが高い。

ただ、勝てないとは微塵《みじん》も思わなかった。

「この日のために、何度も何度も桜子に打ちのめされた甲斐《かい》があったな」

「そうですね……！」

春重と真琴に足りなかったのは、戦闘経験。それを積むために、二人は桜子と何度も模擬戦を重ねた。そうして手に入れたのは、戦いに対する慣れ、そして弱腰にならない覚悟である。

「真琴、援護を頼む」

「はい！」

春重は両手剣を構え、デビルスケルトンに襲いかかる。

デビルスケルトンは、巨大な鎌を持っている。その軌道は独特で、さらに岩すらも容易《たやす》く両断するほどの威力を持っていた。触れたら、今の二人でも大ダメージは避けられない。

「……っ！」

春重は瞬時に体を反《そ》らし、大鎌をかわす。そして一気に肉薄し、デビルスケルトンの胴体に剣を突き込んだ。骨を砕く感触がして、刃がその体を貫通する。

名前：
種族：デビルスケルトン
年齢：
状態：通常
LV：81
HP：701／1577
SP：0／0

――――もう一撃必要か……。

至近距離にいる春重に対し、デビルスケルトンは鎌を振り下ろす。

「させません！」

しかし、真琴の放った矢がデビルスケルトンの腕に突き刺さり、そのまま砕き割った。

「春重さん！　トドメを！」

「ああ！」

春重は刃を引き抜き、再びデビルスケルトンに叩《たた》き込《こ》む。

デビルスケルトンは袈裟《けさ》斬りにされ、地面に崩れ落ちる。そしてすぐに粒子になり、ドロップアイテムであるデビルスケルトンの角だけが残された。

「いい戦闘だった。この様子なら、この先の階層でも十分戦えるな」

「桜子の足を引っ張るわけにはいかないからな。こっちも必死さ」

「必死なのはいいことだ。油断があるよりも、よっぽどな」

そう言いながら、桜子は刀を抜き放ち、真後ろにいたデビルスケルトンの首を刎《は》ねる。その太刀筋は、今の春重でも見切れない速度だった。

「……ますます腕が上がってないか？」

「ああ、この刀を手にしてから、やたら体の調子がよくてな」

「穴熊さんが言っていた、新しいスキルの影響か？」

「分からんが、その可能性が一番高い」

刀自体が持っているスキル『能力解放・太刀』。

その力の真髄は、まだ何も分かっていない。

「二人とも、新手が来ます！」

「……もう少し進まねば、話している時間もなさそうだ」

迫り来るデビルスケルトンを前に、三人は構えを取り直した。

◇
◆
◇

「――――桜子がダンジョンに入ってから、どれくらい経《た》った？」

「大体四時間くらいかと」

「そうか、頃合いだな」

新宿ダンジョンの入り口広場にいた神崎レオンは、自慢の剣の柄を撫《な》でながら、悠然《ゆうぜん》と立ち上がる。

その様子を見ていたパーティメンバーたちは、どこか浮かない表情だ。

「レオンさん……本当に桜子さんを追いかけるんですか？」

「ああ、彼女が僕らに同行しないなら、こっちから同行するまでだ」

「でも、それなら最初から一緒にダンジョンに潜れば……」

「バカめ。それでは桜子がダンジョン探索をやめてしまうかもしれないだろ」

レオンは不機嫌そうに言った。

発言からして、自分が避けられていると気づいているはずなのに、何故《なぜ》かレオンは自信満々で、桜子が自分の側に戻ってくると思っている。その矛盾《むじゅん》を孕《はら》んだ様子に、パーティメンバーは困惑を隠せずにいた。

神崎レオンという男は、すでに歪《ゆが》み切っていた。

若くして手に入れた……いや、手に入れてしまった、強さ、名声、財産。何もかもが上手《うま》くいっていたからこそ、彼のプライドは取り返しがつかないほどに膨れ上がっていたのである。

――僕は王だ。

思い通りにならないことは、すべて力で捩《ね》じ伏《ふ》せてきた。

王の誘いを断った女を、彼は決して許さない。

「僕のパーティに戻りたくないと言うなら、戻りたいと言わせるまで……行くぞお前たち。姫を迎えに行く」

レオンの先導のもと、最強パーティである『アブソリュートナイツ』は、新宿ダンジョンに足を踏み入れた。

◇◆◇

「ふう……」

第八十三階層————。

春重は水筒の水を口に運び、息を吐く。

モンスター避けのアイテムによって安全を手に入れた春重たちは、長めの休息をとっていた。すでに探索は経験したことがない長丁場に突入している。

「ダンジョンに潜ってから、もう二日だ。体調は大丈夫か？　春重、真琴」

「二日？　そうか……もう二日も経ったのか」

陽の光が届かないせいで、ダンジョンの中にいると時間の感覚が曖昧になる。しばらく時計を見ていなかった春重は、ここに来て自分たちが二日もダンジョン内にいたことを知った。

「特に異常はないって言いたいところですけど……少し体が重い気がします」

「無理もない。新宿ダンジョンは洞窟型で、常に圧迫感がある。それに加えて、この緊張感だ。消耗も早い」

「情けないです……」

落ち込む真琴の肩に、春重が手を置く。

「ゆっくり休めば大丈夫さ。できるだけ力を温存して、長く探索を続けよう」

「……はい！」

彼らは、すでに解呪の腕輪《ディスペルバングル》が眠っている階層に到達している。本番は、まさにこれからであった。

第三十二話　深層突入

「おい、あったぞ」

桜子《さくらこ》が指差した方向には、宝箱があった。

大理石のような材質のそれは、とても自然のものとは思えない見た目をしている。ダンジョン内に宝箱が設置されている理由は、ダンジョン化の仕組みと同じく分かっていない。中には特別なアイテムが入っていることが多く、研究者たちは、まるで大いなる者からの〝恵み〟のようであると語った。

「……開けよう」

春重《はるしげ》が宝箱を開ける。

すると、中には金属の塊が入っていた。

「『鑑定』」

名前：オリハルコン

種別：未解明兵器《アンノウンパーツ》
状態：未加工
ＨＰ：３４０００／３４０００

「オリハルコンってアイテムらしい」

「ああ、武器や防具の加工に使える未解明兵器《アンノウンパーツ》だな。持ち帰れば、かなりの値段で売れるぞ」

「そうか……」

春重はオリハルコンを鞄《かばん》に入れる。高級アイテムを手に入れたというのに、その表情は険しい。彼が求めているアイテムは、解呪の腕輪《ディスペルバングル》のみ。それさえ見つかれば、すぐに撤退するつもりだった。しかし何個宝箱を開けても、いまだそれらしいアイテムは出てきていない。

桜子はともかく、真琴《まこと》も、そして春重も、顔には疲労が色濃く出ている。春重は今、間違いなく焦《あせ》りを覚えていた。

――――落ち着け、先にやらなきゃいけないことがあるだろ。

春重がそう自分に言い聞かせると、すぐに精神が凪《な》ぐ。焦ってもろくなことがないというのは、サラリーマン時代に嫌というほど学んでいる。ギチギチに詰まったスケジュール、積み重なった夕スク。それらをこなし、無事に家に帰るためには、とにかく焦らないことが必要だった。

「……先に進もう」

二人が頷《うなず》く。

現在春重がいるのは、八十九階層。彼らの当初の目的。それは、九十階層のアシュラオーガを『支配』して、探索用の護衛にすること。細かい探索は後回し。今やるべきことは。先を目指すことだ。

「……新手だ」

桜子が呟《つぶや》く。

九十階層に続く道の真ん中に、巨大なムカデが陣取っていた。

名前：
種族：ヘルセンチピード
年齢：
状態：通常
ＬＶ：１０４
ＨＰ：２００３／２００３

ＳＰ：１２２８／１２２８
スキル：『毒撃（ＬＶ８）』『緊急回避（ＬＶ６）』『生命力向上』『部位操作』

「避けては通れなそうだな」

春重が剣を構える。

八十階層を突破してから、春重たちはできるだけ戦闘を避けていた。アシュラオーガ戦を控えている以上、余計な消耗は命取りになる。しかし、唯一の道に立《た》ち塞《ふさ》がるというなら、仕方がない。

「行くぞ……！」

相手はレベル１００を超える強敵。

スキルを温存してどうにかなる相手ではない。

「『飛刃撃《ひじんげき》』！」

春重が剣を振れば、それに合わせて青白い斬撃がヘルセンチピードに向けて放たれた。これは中距離にいる敵に攻撃できる『両手剣』のスキル技。込めたＳＰによって威力は増減し、飛距離も変わる。

ヘルセンチピードは『緊急回避』スキルで斬撃をかわすと、真《ま》っ直《す》ぐ春重たちに向かってくる。

その外見と身体《からだ》の動きは、見た者に嫌悪感を抱かせる。

「っ！」

顔をしかめながら、真琴が矢を放った。ヘルセンチピードは壁を這《は》うようにしてそれをかわし、依然彼らに向かって高速で迫る。

「春重、私が隙《すき》を作る。その間に頭を刎《は》ねろ」

「っ、分かった」

桜子が前に出る。

彼女に対し、ヘルセンチピードはその鋭い毒牙を食い込ませるべく、勢いよく跳びついた。

「ふっ――――」

太刀を鞘《さや》から抜き放つと同時に、桜子はヘルセンチピードの毒牙を斬り飛ばした。片側の牙だけだが、これでヘルセンチピードは弱体化した。

――――ここだ。

桜子が作った隙を突くようにして、春重が剣を振る。

狙うは、ヘルセンチピードの体節部分。表皮は硬く、下手をすれば刃すら弾くが、接合部はそうはいかない。

『集中』スキルが春重の神経を研ぎ澄まし、刃は的確に急所へと吸い込まれた。そして小気味のいい音がして、ヘルセンチピードの体は呆気《あっけ》なく両断された。

しかし、まだだ。

「真琴！」

「はい！」

ヘルセンチピードは、体を切断されてもしばらく動き続けることができる。たとえ頭を斬り飛ばされたとしても『部位操作』のスキルで、離れた体を動かすことも可能だ。

ヘルセンチピードの毒牙が、再び春重たちに迫る。

しかし、堅実、安全がモットーな春重たちに、油断はない。

「『スティンガーアロー』！」

『部位操作』のスキルを確認した時点で、分離攻撃を仕掛けてくることは読んでいた。故に敵が攻撃に転じる前に、真琴のスキル技でヘルセンチピードの頭部を貫いた。そして彼女の矢は、そのままヘルセンチピードの頭部を地面に縫いつけた。

そして残った胴体も、春重の刃によって壁に縫いつけられる。

「……終わりだな」

桜子が刀をしまう。

縫いつけられたヘルセンチピードは、それでもしばらく動いていた。しかし、自分が一切《いっさい》動けないことを理解したのか、やがて諦めたように絶命した。

「敵が一体なら、この階層でも十分戦えるじゃないか」

「桜子がいてくれるおかげだって……俺たちだけじゃ、まだまだ安定しないよ」

春重の言葉に、真琴が頷く。

二人のレベルは、強敵との戦闘を経《へ》て、さらに大きく成長していた。

名前：山本春重
種族：人間
年齢：38
状態：通常
LV：82
所属：NO NAME
HP：2398／2398
SP：2107／2437
スキル：『万物支配《ワールドテイム》』『鑑定』『精神耐性』『ナイフ（LV4）』『緊急回避（LVMAX）』『索敵（LVMAX）』『闘志』『直感』『両手剣（LVMAX）』『空間跳術《くうかんちょうじゅつ》（LVMAX）』『極限適性』『毒

耐性』『体術（ＬＶ８）』『反応速度向上』『痛覚耐性』『腕力強化』『脚力強化』『属性耐性』『集団戦適性』『一騎打ち適性』『集中』『空腹耐性』

名前：阿須崎《あすざき》真琴
種族：人間
年齢：18
状態：通常
ＬＶ：80
所属：NO NAME

ＨＰ：２１５５／２１５５
ＳＰ：２０２９／２３０９

スキル：『弓術（ＬＶＭＡＸ）』『緊急回避（ＬＶ９）』『危険感知（ＬＶＭＡＸ）』『索敵（ＬＶＭＡＸ）』『集中』『装填速度上昇』『魂力矢（ＬＶＭＡＸ）』『攻撃力上昇・遠距離』『反応速度向上』『痛覚耐性』『腕力強化』『脚力強化』『属性耐性』『集団戦適性』『一騎打ち適性』『闘志』『空腹耐性』

この強さがあっても、常に命の危機が付《つ》き纏《まと》うのが、深層というもの。

さらに奥まで進めば、これまでとは比べものにならないほどの脅威が待っている。

「この先は、ついに九十階層だ。……準備はいいな？」

桜子の問いに、二人は頷く。

「――――待ってよ、桜子」

いざ行こうとした彼らの耳に、そんな声が届いた。

第三十三話　機転

振り返れば、そこには神崎レオンが立っていた。彼は達成感に満ちた顔で、三人へと近づいてくる。

「ようやく追いついたよ、桜子」

「……なんの用だ、レオン」

「用？　そんなの決まってるだろ？　君と九十階層を攻略しに来たのさ」

そう言いながら、レオンが両手を広げる。

その刹那、彼の後ろに控えていた仲間たちが、春重《はるしげ》と真琴に『捕縛魔法』スキルを発動した。

「なっ……！」

春重の『緊急回避』スキルが発動する。

しかし『捕縛魔法』によって放たれた無数の鎖は、視界を埋め尽くすほどの密度だった。

避けきれなかった二人は、呆気《あっけ》なくスキルの鎖に縛られてしまう。

「春重！　真琴！」

「桜子、交渉だ。新しいお仲間とやらの命が惜しければ、アブソリュートナイツに戻れ」

「……そこまで落ちたか、レオン」

「落ちる？　勘違いしているようだね、桜子。僕は最強なんだ。僕がやることは、すべて正当化される。世界中が僕を尊重《そんちょう》し、道を開けるようにできてるんだよ」

「ほざけ。勇敢さの欠片《かけら》もないくせに」

「あ、あのときは！　物資が枯渇したから撤退しただけだ！　今回のように準備が万全なら、あんなフロアボスくらい簡単に倒せる！」

レオンは、明らかにムキになっていた。

対話が無意味であると理解した桜子は、露骨に舌打ちする。

彼らの会話を尻目に、春重は『捕縛魔法』を発動している者たちを観察する。人数は六人。平均レベルは90を超えている。全員に『万物支配《ワールドテイム》』をかけるには、ＳＰが足りない。

――ここは、頭を使って切り抜けるしかない。

力を温存すべく、春重は抵抗をやめる。

その様子を見て、レオンは満足げに頷《うなず》いた。

「お仲間はもう諦めたみたいだよ？　桜子、あとは君が決断すればいいだけだ」

「あんた……恥ずかしいやつだな」

「――なんだと？」

春重の言葉に、レオンは振り返る。

「最強最強と言いながら、仲間がひとりいなくなっただけで、怖気《おじけ》づいたんだろ？　本当に強いなら、別に今のパーティのままでもフロアボスに挑めばいいじゃないか」

「……黙れ」

「すごんだところで、桜子がいなければボスにも挑めない臆病者に何ができる？　もしかして、実はあんた、すごく弱いんじゃないか？　だからボスを桜子に倒してほしくて――」

「黙れッ！」

「づッ……」

レオンの剣が、春重の腹部を斬り裂く。

鮮血が舞い、彼のジャージを赤く汚した。

初探索で、スライムの突進攻撃を受けたとき以来の、大きくＨＰが減る感覚。体力がごっそりと抜け落ち、春重の額に脂汗がにじむ。

「春重さんっ！」

真琴の悲痛な声が響く。

しかし、春重はそれでも言葉を続けた。

「どうした？　手加減した一撃で俺を殺せるとでも思ったか。この程度の攻撃しかできないなら、そりゃフロアボスにも負けるだろうな」

「減らず口を……！」

レオンの剣が、春重の太腿《ふともも》に深々と突き刺さる。ここで春重の『痛覚耐性』スキルが発動し、その痛みを和《やわ》らげる。

「は、ははっ……やっぱりこの程度か」

春重の、まるで鬱憤を撒《ま》き散《ち》らすかのような言葉が続く。

自分が思っていたより、レオンに対する悪口がスラスラと出てくる。サラリーマン時代も、上司に対してここまで強く言葉をぶつけることができていれば、きっとこの人生は、また別の形になっていただろう――――春重は、ふとそんな風に思った。

「いいか、お前は人質だから生かされているだけだ！　お前が生きているのは僕の気まぐれなんだ！　それを肝《きも》に銘じろ！」

レオンが怒鳴り散らす。

その様子は、普段クールぶっている彼と大きくかけ離れていた。

「桜子がいなければボスにも挑めないだと……？　僕を誰だと思ってる！　アブソリュートナイツの神崎レオンだぞ⁉　この世界で一番強い探索者は僕だ！　桜子がいなくたって、新宿ダンジョンくらい簡単に攻略できるんだ……！」

「……だったら、証明してみせろ」

「な、なんだと？」

春重の鋭い眼光が、レオンを射貫《いぬ》く。

「桜子に頼らず、九十階層のボスを倒してみせろよ。それができたら、俺はあんたを最強の冒険者として認めるし、桜子から手を引く」

「……僕が、あのフロアボスを……？」

「……やっぱり無理か」

「む、無理だと⁉　ふざけるなっ！　僕に不可能なんてない！」

そう叫びながら、レオンは地団駄《じだんだ》を踏む。

その様子は、ああ言えばこう言うを体現した我儘《わがまま》な子供のようだった。

「ここで待っていろ……！　アシュラオーガを倒し、必ず桜子を取り戻す！」

パーティメンバーに指示を出し、共にアシュラオーガが待ち構える階層に降りていくレオン。やがて八十九階層には、春重たちだけが残された。

「……鎖くらい外してくれよ」

春重は、自分と真琴の体に依然として巻きついたままになっている鎖を見ながら、そうぼやく。

すると次の瞬間、鎖の一部に亀裂が入り、瞬く間に砕け散った。

「……あまり無鉄砲な挑発をするな。心臓に悪い」

彼らの鎖を斬った桜子は、刀を鞘《さや》にしまう。

「心配させてすまない。だがあそこで戦闘を避けるには、ああやって挑発するしか――――」

「はるしげさぁぁぁん！」

「うおっ⁉」

「お腹《なか》大丈夫ですか⁉　ああっ！　脚も！　今すぐＨＰポーションを使いましょう！」

飛びついてきた真琴がＨＰポーションを取り出したのを見て、春重は慌ててその手を押さえる。

「待て待て、自分のポーションで回復するから……」

何があろうと、真琴と桜子には生き残ってもらわなければならない。故にポーションひとつとっても、まずは自分の分から消費していくのが、春重のこだわりだった。

「……春重、お前の戦闘を避けるという判断は、決して間違ってはいなかったと思う」

桜子の言葉を受けて、ポーションを飲み干した春重は首を傾《かし》げる。

「結果として、ポーション数本分の損害で済んだんだ。それが間違いであるはずはない……それは、分かっているのだが」

そう言いながら、桜子は顔をしかめる。

「正直言って、私は悔《くや》しいぞ。リーダーであるお前をみすみす傷つけさせ、ボス討伐の栄光すらやつに譲ることになった……それが悔しくてたまらない」

桜子にも、前線を行く探索者としてのプライドがある。

あの場でレオンと戦うことになったとしても、負けない自信が大いにあった。それによって多くのものを失ったとしても、構わないとすら思っていた。

春重はそんな桜子を見て、諭《さと》すように言う。

「俺は、このパーティのリーダーだ。ある意味、君たちの上司ということになる。……上司は、パーティメンバーを守ることが役目だ。たとえ自分が傷ついたとしても、君たちが無事なら、それは俺にとっての勝利なんだよ」

自分のセリフの臭さに苦笑いしつつも、春重は言葉を続ける。

臭くても、今の言葉はまぎれもない彼の本心だ。どんな人間でも、自分の部下になったのなら全力で守る。それが、社畜根性がいまだ抜けない彼の、もっとも大きなプライドだった。

「俺のこだわりを押しつけてしまったことについては、すまないと思っている。……何はともあれ、君たちに怪我《けが》がなくてよかったよ」

「っ……本当に、おかしなやつだ」

桜子がプイッと顔を逸《そ》らす。

それを見た春重は、桜子を不機嫌にさせてしまったのではないかと取り乱すが、はたから見ていた真琴は、彼女が照れただけだと気づいていた。

「……でも、下手したら桜子さんはパーティを離れないといけなくなるんですよね？」

「ああ……そうなったときは、今度こそ全力で戦うことになるかもな」

険しい顔をした春重は、レオンたちが降りていった九十階層のほうを見つめる。

するとその直後、レオンのものと思われる絶叫が、彼らのもとに届いた。

第三十四話　白銀竜エルヴァーナ

「レオンの声だな」

「まさか……こんなに早くやられたのか？」

「いや……いくらやつでも、こんなにあっさりと負けるはずは……」

ひとりならともかく、仲間たちのサポートがあれば、レオンでも善戦できるというのが桜子《さくらこ》の見立てだった。

今聞こえてきた絶叫は、明らかな異常事態。

現場に緊張が走る。

「と、とりあえず、私たちも向かいませんか⁉」

「……そうだな。見殺しにはできない」

春重《はるしげ》が拳《こぶし》を握る。

レベル１４０超えが悲鳴を上げるような状況で、春重や真琴《まこと》が役に立つ可能性は極めて薄い。しかし、少なくとも春重は、レオンを九十階層にけしかけた張本人。たとえどんなに腹がたつ男でも、ここで見殺しにしたのでは、後味が悪すぎる。

「助太刀はするけど、あくまで俺たちの命が最優先だ。危険と判断したら、すぐに引き返そう」

春重の言い聞かせるような言葉に、真琴と桜子は頷《うなず》いた。

九十階層へ続く道を、三人で駆ける。

やがて彼らは、開けた場所に出た。

――――雰囲気が変わった。

天井《てんじょう》は見上げるほど高く、巨大な柱が立ち並んでいる。所々に青い炎が灯《とも》った燭台《しょくだい》が設置されており、光源の役割を果たしていた。

これまでの洞窟らしい雰囲気とは打って変わって、まるでそこは神聖なる神殿のようだった。この場所に覚えがある桜子以外の二人は、一瞬呆気《あっけ》にとられてしまう。

「っ！　見ろ！　あそこだ！」

桜子が指した方向には、神崎レオンがうずくまっていた。

彼の周りには、アブソリュートナイツの仲間たちが倒れている。全員ボロボロで、生きているかどうかも疑わしい。

「うぐっ……うあぁあ」

「神崎っ――――」

春重たちが彼に駆け寄ろうとしたとき、それが目に入った。

「きひひひひひ、新手か。貴様らは我を楽しませてくれるか？」

まるで降り積もった雪のような美しさと存在感を放つ、二つに結ばれた白銀の髪。体躯《たいく》はえらく小柄で、真琴よりもさらに幼い印象を覚えた。

春重たちが彼女から感じ取ったのは、とてつもない力の波動だった。

少女の外見とは明らかに不釣り合い。この時点で、春重たちは理解する。

この少女は、我々が手を出していい存在ではない――――と。

「どうした？　緊張しとるんか？」

少女は邪悪な笑みを浮かべながら、手に持っていた何かを振り回す。

それは、レオンの腕だった。彼の肩の傷口から、おびただしい量の血液が滴《したた》り落《お》ちている。足元には血溜《ちだ》まりができており、そのダメージの深刻さを物語っていた。

名前：神崎レオン
種族：人間
年齢：26
状態：通常
ＬＶ：１４８
所属：アブソリュートナイツ

ＨＰ：３１１／２９３９
ＳＰ：１０２２／３０７１
スキル：『片手剣（ＬＶＭＡＸ）』『盾（ＬＶＭＡＸ）』『緊急回避（ＬＶＭＡＸ）』『索敵（ＬＶＭＡＸ）』『反応速度向上』『空間跳術《くうかんちょうじゅつ》（ＬＶ６）』『腕力強化』『脚力強化』『属性耐性』『毒耐性』『聖属性魔法（ＬＶ４）』

――――残りＨＰが少ない……！

とっさにＨＰポーションを取り出し、春重はレオンに駆け寄ろうとする。

「待て待て。まずは自分の心配じゃろう？」

「っ⁉」

春重が足を止める。

気づいたときには、目の前に少女が立っていた。

いつ移動したのか、春重たちは認識すらできなかった。パーティ内で最速を誇る桜子でさえ、気づいたのは少女が移動し終わった後だ。

「あー、そうか。こやつが邪魔じゃな。きひっ、もう動けぬ者に興味はないわい」

「ひっ――――」

少女はレオンの襟首《えりくび》を摑《つか》むと、軽々と放り投げる。

鎧《よろい》の重さを含めれば百キロ近い成人男性を、その細い腕で投げ飛ばしたという事実に、春重は戦慄した。

「お前は……何者だ。探索者、なのか？」

「きひひひ、違う違う。我はお主らの言うところの、モンスターじゃよ」

「っ！」

春重は愕然《がくぜん》とする。

前に、桜子から聞いたことがある。

海外のダンジョンで、会話ができるモンスターが発見され、探索者がコンタクトを試みた。しかし彼らはそのモンスターに瞬く間に蹂躙《じゅうりん》され、命を落としたと。

元々高難度ダンジョンであったことから、コンタクトに臨んだ者たちは全員が実力者であり、最高でレベル１５０を超える探索者もいた。

そんな彼らが今際《いまわ》の際《きわ》に残した記録によると、そのモンスターのレベルは、２００を優に超えていたという。

探索者たちは、それを御伽噺《おとぎばなし》と笑い飛ばした。

どの国の記録にもそんな情報は残っていないし、目撃者がいるはずもない。故にこの話は都市伝説扱いされるようになり、今では飲みの場の雑談に交じりがちな、定番小話になっていた。

それほどまでに、信じがたい話だったのだ。

しかし、ここにいる者たちはすでに悟っている。

あの都市伝説は、現実なのだと。

名前：エルヴァーナ
種族：白銀竜
年齢：
状態：通常
ＬＶ：２４１
ＨＰ：１０７１０／１０７１０
ＳＰ：１４０３３／１４０３３
スキル：『変身（ＬＶＭＡＸ）』『気配探知（ＬＶＭＡＸ）』『硬質化（ＬＶＭＡＸ）』『加速（ＬＶＭ

AX)』『ブレス(LVMAX)』『精神耐性』『魔術無効』『飛翔《ひしょう》(LVMAX)』『爪撃(LVMAX)』

「レベル……241……?」

「っ……そこまでか。どうりでこの威圧感……アシュラオーガの比ではないな」

パーティ内最高レベルの桜子よりも、さらに100以上レベルが高い。

まさに、未知の領域である。

「あしゅらおーが? ああ、そこにいるやつか」

少女が背後に視線を向ける。

その先には、肉塊が落ちていた。

六本の腕に、三つの顔。それから周囲に散らばる巨大な剣の残骸は、間違いなくそれがアシュラオーガだったことを証明している。

「やつもそこで転がっている小僧も、退屈しのぎにすらならんかったわ。……さて、お主らはどうじゃ?」

邪悪な笑みを浮かべながら、少女は両手を広げる。

「我の名は、白銀竜エルヴァーナ。さあ、人間ども、我を楽しませろ!」

第三十五話　時間稼《じかんかせ》ぎ

エルヴァーナの背中から、突然翼が生《は》える。

そして彼女は、大きく拳《こぶし》を振り上げ、地面を殴りつけた。まるで爆撃のような衝撃が走り、三人の視界を粉塵《ふんじん》が埋め尽くす。

「お前が一番強そうじゃのう」

エルヴァーナのターゲットに選ばれたのは、もっともレベルが高い桜子だった。

「見せてみろ！　支配者の力を！」

「っ！」

桜子は『反応速度向上』『緊急回避』『空間跳術』を駆使し、抉《えぐ》るような軌道で向かってくるエルヴァーナの腕をかわす。それでもなお、腕の先端にある鉤爪《かぎつめ》が、桜子の服の一部を掠《かす》め取《と》った。

――これでも避けきれないのか……！

久しく感じていなかった、命が脅かされる感覚。

桜子の背筋に、これまでにない緊張が走る。

しかし、そんな危機的状況にもかかわらず、桜子は笑った。

「ははっ、ははははは！」

命のやり取りによって生まれるスリルが、興奮へと変わる。

桜子は今、かつてない喜びを覚えていた。

「ほう、笑うのか。面白い女だな、お主。わざわざ百階層から上がってきた甲斐《かい》があったぞ！」

再び襲いかかる、エルヴァーナの鋭い鉤爪。

桜子はそれを驚異的な集中力で潜《くぐ》り抜《ぬ》け、エルヴァーナの胴体に向けて刀を振った。

「『九重流、壱ノ舞――――桜月《おうげつ》』！」

「っ！」

桜子の斬撃が、エルヴァーナの体を深々と斬り裂く。

エルヴァーナは瞬時に距離を取り、己の体を見た。

「……まさか、我が反応できんとはな」

同時に、粉塵が晴れる。

春重《はるしげ》と真琴は、エルヴァーナの傷を見て、桜子が攻防を制したのだと理解した。絶望的な状況で、わずかに見えた希望。それは、やはり九重桜子という一流の探索者がもたらしたものだった。

――――桜子と真琴が気を引いてくれているうちに、俺がやつを『支配』できれば……。

春重の頭にプランが浮かぶ。

レベル２４１のエルヴァーナを『支配』するには、ＳＰが１２４０ポイント必要になる。彼のＳ

Ｐ量だと、半分以上を持っていかれてしまう計算だ。

エルヴァーナを『支配』するまで、どれくらいの時間がかかるか分からない。桜子のときは三十秒ほどだったが、レベルの差から考えて、一分近くかかる可能性が高いと、春重は考えていた。

「きひひひ……いいぞいいぞ、あの小僧とはまったくもって面構《つらがま》えが違う……覚悟の決まったいい面じゃ」

いまだ緊張感に包まれた空間に、エルヴァーナの笑い声だけが響いた。

「さて、続けようか。我の初めての遊び相手ども……どうか、簡単には壊れてくれるなよ」

エルヴァーナの体が、眩《まばゆ》く輝き始める。

三人の視界が真っ白に染まる。それから何か巨大なものが蠢《うごめ》く気配がして、地面が大きく揺れた。

『どいつが支配者かは分からんが……まあいい。全員まとめてかかってくるがいい！』

視界が晴れたとき、そこにいたのは、白銀の鱗《うろこ》に覆われた巨大なドラゴンだった。

アシュラオーガなど比にならないほどの巨体に、春重たちは目を見開く。

「こ、こんなの……どうすれば……」

真琴の手が震え始める。

本能を揺らす、死という名の根源的恐怖。圧倒的な強者《つわもの》である白銀竜エルヴァーナを前にして、真琴はその恐怖に心を圧《お》し潰《つぶ》されそうになっていた。

「――――戦うぞ……！」

そんなとき、春重が叫んだ。

「家族のために、帰らないといけないんだろ」

「っ……！　はい！」

「こいつを倒して、必ず三人で生き残る……！　だから……戦うぞ！」

「はいっ！」

真琴の弓を握る手に、再び力がこもる。

家族のために、自分が稼《かせ》ぎ頭《がしら》になる。その一心で、真琴はここまで来た。

ここで死ねば、これまでの稼ぎを家に入れられないまま終わってしまう。

必ず生きて帰らなければならないという意志が、真琴に力を漲《みなぎ》らせた。

『逃げるつもりは皆無か……！　ますます気に入ったぞ！』

エルヴァーナが腕を振り上げる。

それを見計らって、三人は動き出した。

――――こいつのＨＰを削り切るのは、まず不可能だ……。

名前：エルヴァーナ

種族：白銀竜
年齢：
状態：通常
LV：２４１
HP：１０３２２／１０７１０
SP：１４０３３／１４０３３
スキル：『変身（LVMAX）』『気配探知（LVMAX）』『硬質化（LVMAX）』『加速（LVMAX）』『ブレス（LVMAX）』『精神耐性』『魔術無効』『飛翔《ひしょう》（LVMAX）』『爪撃（LVMAX）』

先ほどの桜子の一撃でも、４００程度のＨＰしか削れていない。

それにもう、あんなクリーンヒットは決めさせてもらえないだろう。

『重爪撃！』

「っ！」

『爪撃』のスキルを発動したエルヴァーナの一撃は、春重がいた地面を大きく抉った。一撃一撃が、地形を変えてしまうほどの威力。掠《かす》っただけでも、瀕死《ひんし》は免れない。

「すら一郎《いちろう》！」

春重は、すら一郎の体を使って天井《てんじょう》近くまで避難していた。

そしてエルヴァーナの真上を取った春重は、あのスキルを発動させる。

「『支配《テイム》』！」

『む？』

春重の視界の端に、桜子に『万物支配《ワールドテイム》』を使用したときと同じウィンドウが現れる。そのゲージの進みは、桜子のときと比べて圧倒的に遅い。目測で、二分以上はかかる。

『そうか……支配者はお前か』

エルヴァーナが、心底愉快そうに笑う。

その言葉の意味は理解できなかったが、春重は、自分が狙われていることを理解した。

「春重、ゲージはあとどれくらいだ？」

「……二分だ」

「二分か……上等だ」

春重を守るように、桜子と真琴が前に出る。

「時間を稼ぐぞ、真琴。援護を頼む」

「はい……！」

『万物支配《ワールドテイム》』発動まで、残り二分。

桜子と真琴による、命がけの時間稼ぎが始まる。

第三十六話　連携と希望

エルヴァーナがその巨大な尾で二人を攻撃する。

まるで大木の丸太が迫ってくるかのような迫力に、真琴《まこと》の体が一瞬硬直する。

「下だ！」

「っ！」

桜子《さくらこ》の声を聴いて、とっさに真琴はその場でしゃがみ込んだ。

頭上をエルヴァーナの尾が通過する。あのまま立ち尽くしていたら、真琴の体は間違いなくバラバラになっていた。

「気を抜くな！　行くぞ！」

「はい！」

刀を一度納め、桜子は駆け出す。

彼女をサポートするべく、真琴は矢を番《つが》え、エルヴァーナに向けて放った。

『ふん……』

しかし、エルヴァーナが何もせずとも、矢は鱗《うろこ》に当たって呆気《あっけ》なく弾《はじ》かれた。

『舐《な》めるなよ、小娘。この程度の攻撃、いくら放たれようが我に傷がつくことなどない』

「言われなくても、分かってますよ」

『む？』

直後、弾かれた矢が、激しい閃光《せんこう》を放った。

『弓術』スキルの技、『フラッシュアロー』。放った矢に強烈な光を付与することで、相手の視界を奪うものである。

『チッ……！』

エルヴァーナが目を閉じる。

これでしばらくの間、エルヴァーナは彼らを目で捉《とら》えることができなくなった。

しかし、エルヴァーナには『気配探知』スキルがある。たとえ目が見えなくても、自分に向かってきている桜子のおおよその位置は摑《つか》めていた。

――見えずとも、まとめて薙《な》ぎ払《はら》ってしまえば同じこと！

気配がある方向に向けて、エルヴァーナはその鉤爪《かぎつめ》を振るう。

轟音《ごうおん》が響き渡り、地面が大きく抉《えぐ》れる。爆発に近い衝撃が瓦礫《がれき》を吹き飛ばし、周囲一帯に土埃《つちぼこり》を巻き起こす。

「目視もせず、私の姿を捉えられると思うな……！」

『……っ！』

「『九重流！　二ノ舞……！』」

土埃から飛び出してきた桜子が、エルヴァーナの眼前に迫る。

「桜乱《おうらん》ッ』！」

スキルの光を帯びた刃で、桜子はエルヴァーナの頭を乱れ斬る。

彼女の刃はエルヴァーナの硬い鱗にすら傷をつけるが、それでも肉には到底届かない。しかし、いくらエルヴァーナと言えど、眼球までは守れない。

『ぐっ』

目を傷つけられ、今度こそエルヴァーナの視界が完全に失われる。

この連携は、アシュラオーガと戦うことを想定して考えられたものだった。

すべては、春重《はるしげ》の『万物支配《ワールドテイム》』が決まるまでの時間稼《じかんかせ》ぎのため――――。

「『イクスプロージョンアロー』！」

再び真琴が矢を放つ。

その矢は、エルヴァーナの足元に突き刺さった瞬間に大爆発を起こした。

足場が大きく崩れたことで、エルヴァーナの体が大きく揺らぐ。

――――これでかなり時間を稼《かせ》げるはず……！

連携が決まったことで、真琴の中にある希望の光が、さらに強く輝き始める。

時間にして、おおよそ三十秒ほどは稼げただろうか。残り一分半。エルヴァーナが立ち上がることにもたつけば、さらに三十秒ほどは稼げる。

しかし、真琴と違いエルヴァーナの間近にいる桜子には、別の考えが浮かんでいた。

――この戦闘において、これ以上のチャンスはもうやってこないかもしれない。

エルヴァーナが大きく体勢を崩している。

今なら、渾身《こんしん》の一撃を入れることも可能だ。

――私のスキルなら、エルヴァーナに傷をつけられる。

桜子の『太刀』スキルは、穴熊《あなぐま》から購入した桜一文字に宿る未知のスキルである『能力解放・太刀』によって、大きな進化を遂げていた。スキル技の威力がすべて一段階向上し、彼女に馴染《なじ》み深い九重流剣術へと昇華されている。能力解放とは、その名の通りスキルの力をさらに高めるものだったのだ。

今の桜子なら、エルヴァーナの足を両断できる。

「『九重流、七ノ舞……！』」

桜子がエルヴァーナに迫る。

そして刀を振りかぶり、エルヴァーナの足へと振り下ろした。

「桜花一閃《いっせん》』！」

それは、エルヴァーナの極めて硬質な鱗を切り裂き、内に守られた肉と骨を断てるだけの一撃。

――捉えた。そう思った次の瞬間、目の前からエルヴァーナの姿が消える。

呆気にとられる桜子。

そんな彼女に対し、土埃から小さな影が飛び出してきた。

「きひっ！　油断したのう！」

「っ」

人型に戻ったエルヴァーナの拳《こぶし》が、桜子の腹部を捉える。

貫くような衝撃が、桜子の内臓をかき回す。そして吹き飛ぶように地面を転がった桜子は、ダンジョンの巨大な柱に叩《たた》きつけられた。

「……ごほっ」

盛大に吐血した桜子は、ステータスを開く。

名前：九重桜子
種族：人間
年齢：24
状態：命令実行中
ＬＶ：１４５
所属：NO NAME

ＨＰ：４３０／３２４４
ＳＰ：２０２９／３５６１
スキル：『太刀（ＬＶＭＡＸ）』『鑑定』『精神耐性』『緊急回避（ＬＶＭＡＸ）』『索敵（ＬＶＭＡＸ）』『反応速度向上』『直感』『空間跳術《くうかんちょうじゅつ》（ＬＶＭＡＸ）』『腕力強化』『脚力強化』『属性耐性』『体術（ＬＶＭＡＸ）』『毒耐性』『痛覚耐性』『集団戦適性』『一騎打ち適性』『集中』『闘志』

今の一撃で、桜子のＨＰが二割を切った。

まだ一分以上稼がなければならない状況で、このダメージは致命的である。

「きひひ……まさか、我が竜の体から人型に戻るとは思っとらんかったようじゃな。覚えておけ、人間ども。我らモンスターは、お主らの想像の数百倍は狡猾《こうかつ》じゃよ」

「桜子さん……！」

桜子が殴り飛ばされたのを見て、真琴は目を見開く。

次の瞬間、エルヴァーナは真琴の眼前に現れた。

「ほれ、よそ見するでないぞ？」

「がっ――――」

エルヴァーナの蹴りが、真琴の体を捉える。桜子と同じように、彼女の体は何度も地面を跳ね、はるか遠くの壁に叩きつけられた。

「どうした！　人間ども！　支配者を守るのじゃろう⁉　これでは手を出し放題だ！」

エルヴァーナの高笑いが響く。

二人がやられていく間、立ち尽くしていることしかできなかった春重は、呆然《ぼうぜん》とした様子で瞬きを繰り返した。

「さて、最後はお主じゃ……のう、支配者よ」

「くっ……」

まだ一分以上の時間を残して、ついにエルヴァーナの凶刃が、春重に迫ろうとしていた。

「――――ま……まだ、だ」

しかし、エルヴァーナの前に、ボロボロの体になった桜子が立《た》ち塞《ふさ》がる。

「桜子……！」

「安心しろ、春重……お前は、必ず私が守り切る」

そう言いながら、桜子はふらつきながらも、刀を構えた。

第三十七話　タイムアップ

桜子《さくらこ》は、この危機的状況においても、妙に冷静さを保っている自分がいることに気づいた。桜子のＨＰは、依然として少ないまま。決してポーションがないわけじゃない。ここは回復しないことが最善だと、彼女自身がそう判断したのだ。

自らを極限に追い込むことで得られる、普段以上の集中力。桜子は、その可能性に賭けた。

「ふー……」

『痛覚耐性』によって、痛みはすでに薄れている。

真《ま》っ直《す》ぐ、ただ目の前にいる敵だけに集中するため、桜子は深く呼吸した。

――厄介じゃな。

時間がないとは分かっていつつも、エルヴァーナは慎重にならざるを得なかった。

桜子は、エルヴァーナと比べれば遥《はる》かに脆弱《ぜいじゃく》なはずの生物。しかし、生死の瀬戸際《せとぎわ》に立ってなお、彼女の闘志はさらに大きく燃え上がっている。

エルヴァーナの本能が、九重《ここのえ》桜子を警戒すべきと訴えていた。

「まあ、我は止まらんが！」

エルヴァーナは己が本能を抑え込み、戦いの愉悦だけを求めて、桜子へ飛びかかった。残り一分。最後の攻防が始まる。

「きひひっ！」

エルヴァーナは片腕だけを本来の姿に戻し、その鋭い鉤爪《かぎつめ》を桜子目掛けて振り下ろす。それを寸前でかわした桜子は、飛び散った瓦礫《がれき》を意に介さず、エルヴァーナの懐《ふところ》へ飛び込んでいく。

「ほう！　まだ前に出るか！」

桜子が振った刃を、エルヴァーナは腕に鱗《うろこ》を生《は》やして弾いた。

エルヴァーナは、自身の肉体を変化させる際、同時に傷を修復することが可能である。故に、竜の状態で負った目の傷は、人型になった際に完治していた。

しかし、体を変化させる際、エルヴァーナは一瞬だけ無防備になってしまう。今の桜子は、その隙《すき》を逃さない。いくらエルヴァーナでも、桜子レベルの探索者に首を斬られてしまえば、大きなダメージを負ってしまう。

――――攻めろ。

刃をわざわざ鱗で弾いたエルヴァーナを見て、桜子は確信した。

この刃は、エルヴァーナに届き得ると。

守りに集中するのは分が悪い。むしろ攻撃は最大の防御と割り切り、桜子は攻めの手を緩めないと己に誓う。

「『九重流、四ノ舞！　桜吹雪』！」

「むっ」

止まることを知らない、怒濤《どとう》の連続攻撃。

幾度も幾度も刀を振るい、桜子はエルヴァーナを押し返していく。

「いいぞ……！　滾《たぎ》るではないか！」

「……！」

エルヴァーナの笑顔に危機感を覚えた桜子は、とっさに後ろに跳ぶ。

その次の瞬間、エルヴァーナの尾が、周囲をまとめて薙《な》ぎ払《はら》った。

「よくかわした！　赤髪の女ァ！」

変身を封じられたエルヴァーナだが、部分部分の変身に関しては、大きな隙は生まれない。桜子は、その厄介さをよく理解していた。エルヴァーナの攻撃には、範囲が広いものが多い。鉤爪や尻尾《しっぽ》、これらはどれも、容易《たやす》く桜子の命を奪うであろう殺傷能力の塊。

しかし、桜子は攻め続けなければならない。わずかでも臆してしまえば、エルヴァーナは悠々と竜に変身し、後ろの春重《はるしげ》ごとまとめて蹴散らしてしまうからだ。

――――春重……お前は私が守る。

桜子は、田舎《いなか》の剣道場の娘として生まれた。

彼女には、兄がいた。歳《とし》は離れていたが、とても優しく、そして強かった。

当時は病弱で、体が弱かった桜子は、竹刀《しない》を持ち上げることすら困難な子供だった。しかし兄は数々の剣道大会で入賞し、実家の道場を盛り立てていた。

桜子は、そんな兄を尊敬し、愛していた。

故に兄が事故で命を落としたときは、ひどく嘆いた。

兄の死を受けて、とてつもない絶望感に暮れていた桜子だが、精神状態に反比例して、その体は突然丈夫になった。

抱えていた病《やまい》は完治し、明らかに筋力がついた。桜子は、それを兄が残してくれたギフトだと思った。

桜子が探索者になったのは、大切なものを守り切れるよう、誰よりも強くなりたいという兄の願いを継ぐためだった。兄がくれたこの体に報《むく》いるには、それしかないと思っていた。

春重は、そんな兄によく似ている。

外見はともかく、困り顔や、優しげな笑顔の雰囲気が、本当にそっくりだった。

桜子に妹はいないが、こんな妹がいたらよかったと思わせてくれたのが、真琴だった。血の繋《つな》がりなどなくても、桜子にとって、あの二人は間違いなく大切な存在だ。

だから守る。この命に代えても。

「『九重流、八ノ舞……！　桜風《さくらかぜ》』！」

強烈な踏み込みと共に、桜子はエルヴァーナに突進を仕掛けた。

一瞬にして眼前にまで迫る剣先を前にして、エルヴァーナはとっさに腕を交差させて受け止めた。しかし、桜子の刃は腕を覆っている鱗を貫き、さらにエルヴァーナの左胸を貫いた。

「まさかここまで……！」

「はぁぁあぁぁあああぁッ！」

気合の声と共に、桜子はさらに深々と刃を突き入れる。

そして捻《ひね》りを加えたあと、刃を思い切り引き抜く。するとエルヴァーナの胸から、大量の血液があふれ出した。

「きひっ……ひひひ！　いいぞ、いいぞ人間！　もっと楽しませろ！」

「っ！」

エルヴァーナが大きく息を吸い込む。

その瞬間、桜子の全身に鳥肌が立つ。

「『ホワイトブレス』――――」

エルヴァーナの口を中心に、高密度のエネルギーが集まる。

『ブレス』のスキルを極めたエルヴァーナは、周囲一帯を消し飛ばせるほどの熱線を放つことができる。

それを理解した桜子は足を止め、刀を構え直した。

ひとりなら、ただ熱線をかわせばいいだけのこと。しかし、彼女の後方には、春重がいる。なんとかして熱線を受け止めなければ、彼の体が吹き飛んでしまう。

「ほう、避けるつもりなしか」

「当たり前だ……！」

「いい度胸だ！　ならば消し飛ぶがいい！」

エルヴァーナから、暴虐の熱線が放たれる。

しかし――――。

「『イクスプロージョンアロー』……！」

「ごっ……」

エルヴァーナの眼前で、爆発が起きる。

その拍子に、エルヴァーナの集中が切れてしまう。

集めたエネルギーは拡散し、粒子となって周囲に霧散した。

「こ、小娘……！」

「春重さんには……！　手を出させません……っ！」

桜子と同じくらいボロボロになった真琴が、力いっぱい叫ぶ。

――まずい……！　やつの攻撃が……！

エルヴァーナが顔を上げる。

その視線のはるか先。そこには、笑みを浮かべた春重が立っていた。

「――――タイムアップだ」

春重がそう呟《つぶや》くと、エルヴァーナは、呆気《あっけ》なく地面に崩れ落ちた。

第三十八話　支配完了

春重《はるしげ》はずっと、二人の戦いを歯痒《はがゆ》い思いで見つめていた。

彼女たちが痛々しい姿になっても、目を逸《そ》らしてはいけないと何度も言い聞かせ、ひたすらエルヴァーナに意識を向け続けた。

桜子と真琴の命がけの時間稼《じかんかせ》ぎ、そして、春重の驚異的な集中力。

彼らの努力が、今実《みの》る。

「う……動けん……」

「ようやく、『支配』完了だ」

名前：エルヴァーナ
種族：白銀竜
年齢：
状態：命令実行中

ＬＶ：２４１
ＨＰ：８９４０／１０７１０
ＳＰ：１２７５５／１４０３３
スキル：『変身（ＬＶＭＡＸ）』『気配探知（ＬＶＭＡＸ）』『硬質化（ＬＶＭＡＸ）』『加速（ＬＶＭＡＸ）』『ブレス（ＬＶＭＡＸ）』『精神耐性』『魔術無効』『飛翔《ひしょう》（ＬＶＭＡＸ）』『爪撃（ＬＶＭＡＸ）』

エルヴァーナは、春重から出された『動くな』という命令に従わされている。

そんな哀れなモンスターの前に、桜子たちは集まってきた。

「奇跡だな……このバケモノを前に二分間も持ちこたえられたなんて」

「私もそう思います」

戦いが終わり、冷静になった途端、彼らは自分たちが置かれていた状況に肝《きも》を冷やした。

「二人のおかげだ。本当にありがとう」

「ふっ……それはこっちのセリフだ。春重がいたから、私たちはお前に賭けて全力を出せた」

そう言いながら、桜子はその場にくずおれる。同時に、真琴も地面にくずおれた。

「あ、あれ……」

「くっ……今更体が動かん」

慌ててポーションを取り出した春重は、なんとかそれを二人に飲ませる。

二人とも、一本程度では到底全回復できないほどのダメージを負っている。傷が治っても、しばらくは動かないほうがよさそうだと、春重は判断した。

「……その間に、色々訊《き》かないとな」

春重はエルヴァーナに向き直る。

「白銀竜エルヴァーナ、お前は自分で百階層から上がってきたと言っていた。ということは、お前が百階層のフロアボスということか？」

「きひひっ……フロアボス？　我はその程度の器ではない。このダンジョンの親玉、それが我じゃ」

「ダンジョンボス……！」

春重は戦慄する。

聞いていた限りでは、九十階層のフロアボス、アシュラオーガはレベル160台。エルヴァーナはそれよりも80もレベルが高い。十階層しか違わないのに、このレベル差は初見殺しにもほどがある。

「このダンジョンは、お前が作ったのか？」

「きひっ、さあな」

「〝答えろ〟」

「っ……！　このダンジョンを、作った、のは、我……では、ない」

無理やり答えさせられたエルヴァーナは、屈辱を感じて顔をしかめた。

「ぐっ……忌々《いまいま》しい力だな……！」

「じゃあ、誰がダンジョンを作ったんだ？」

「はっ！　そんなこと知らん！　我はこのダンジョンで目覚め、本能のままにフロアを守っていただけじゃ！」

「……本当みたいだな」

支配下に置いていることで、エルヴァーナの感情の一部が春重にも伝わってきている。故に、エルヴァーナが嘘《うそ》をついても、春重にはそれが分かる。

「戦いの途中で言っていた、支配者とはなんだ」

「……お主じゃよ。他者を支配する、忌々しき力を持つ者よ」

エルヴァーナが吐き捨てるように言った。

「我は元々意思を持たなかった。しかし、お主が支配者となったとき、我は意思を持つことを許されたのだ」

「っ⁉　どういうことだ……」

「そんなこと分からん。だが、何者かが我の頭の中でこう囁《ささや》き続《つづ》けている……」

支配者のもとへ集《つど》い、その身を捧《ささ》げよ――。

頭の中に聞こえてくる声を、エルヴァーナはそのまま口にした。

「我は……誰かの下につくなどまっぴらじゃ。支配者を倒せば、我が王になれる……！――

そう、考えておったが」

エルヴァーナは、自身の動けなくなった体を見て、思わず鼻で笑った。

「きひひっ、ひどい様だ。まさに〝ケッコウ〟というやつだな」

「……それを言うなら、滑稽じゃないか？」

「……そうとも言うか」

奇妙なやり取りを挟んでしまったせいで、二人の間に奇妙な沈黙が訪れる。

「ふ、ふん！　そんなことより！　殺すならさっさと殺せ！　誇り高き我は命乞いなぞせん！」

「うーん……」

さて、どうしたものか。

春重は顎《あご》に手を当てて考える。

ここで当初の予定を確認しておこう。

春重たちは、アシュラオーガを支配《テイム》して護衛にし、八十階層から九十階層を安全に探索しようとしていた。目的は解呪の腕輪《ディスペルバングル》。それを用《もち》いて桜子にかかってしまった支配を解こうと考えていたのだ。

しかし、肝心のアシュラオーガはエルヴァーナに倒され、死体となって転がっている。そして春重の目の前には、アシュラオーガを片手で捻《ひね》り殺せる最強の竜が、下僕として跪《ひざまず》いている。

――――あれ、目的は果たしてないか？

このダンジョンはエルヴァーナをボスとしている。つまり、彼女よりも強いモンスターは存在しないということだ。それならアシュラオーガを連れ回すより安全だし、人型故に小回りも効くというおまけつき。

意思がある分、従わせることに罪悪感を覚えるという点がネックだが、そもそもエルヴァーナはモンスターであり、春重の命を狙っている敵。加えて階層を自由に行き来できるため、下手すれば外まで追ってくることも可能かもしれない。

――――それは困る。

一瞬にしてそこまで考え込んだ春重は、討伐するという選択肢を瞬時に追い出した。

「君には、俺たちの護衛をやってもらおうと思う」

「……は？」

エルヴァーナはきょとんとした表情を浮かべ、首を傾《かし》げた。

第三十九話　残業確定

「このモンスターを護衛に⁉」

話を聞いていた真琴が、驚きのあまり声を上げる。

当初の目的からすれば、それが正しいことは分かっている。しかし、たとえ支配できている状態でも、都市を壊滅させかねないモンスターを連れ回すというのは、精神衛生上辛《つら》いものがあった。

「確かに、春重《はるしげ》の『わーるどていむ』とやらがどこまで効果があるのかも分かっていない状況で、このモンスターを連れていくというのは、ある意味爆弾を抱えて歩いているようなものだな」

桜子も真琴に同意する。

春重の『万物支配《ワールドテイム》』が強力なスキルであることは分かっている。実際桜子は自分自身で効果を確かめているし、スキルの性能に疑う余地はない。

ただ、如何《いかん》せんエルヴァーナが規格外すぎる。レベル２００超えのモンスターなんて、誰も見たことがない。前例がない以上『万物支配《ワールドテイム》』が効かなくなる可能性を否定することはできない。

「……そこは俺を信じてほしい。『支配』は間違いなくこの子に作用してるよ」

それは、春重にしか分からない感覚だった。

相手の心臓を握っているかのような、全能感にも近い感覚。春重は、それを心地よいとは思えず、むしろ気持ち悪いとすら思っていた。

しかし、その感覚こそが『万物支配《ワールドテイム》』が効いている証拠だった。

「それに……このスキルは、効くとか効かないとか、そういう次元の力じゃない気がするんだ」

自身の手を見ながら、春重は告げる。

「……春重さんが、そう言うなら」

「私たちはリーダーに従うまでだな」

真琴は、二度も春重に助けられている。一度目は己の命、そして二度目は、家族の安全まで確保してくれた。それは、彼女が春重を全面的に信頼するには十分な功績である。ここで春重が信じろと言うのであれば、その通りにするまでだった。

桜子に関しても、己の運命はとっくに春重に預けたつもりだった。たとえこの春重の決断が桜子の命を奪う結果になったとしても、彼を恨むつもりは毛頭なかった。

「……ありがとう」

自分の我儘《わがまま》に付き合ってくれる二人に感謝しつつ、春重はエルヴァーナに向き直る。

「というわけで、君にはその力を存分に振るってもらう」

「屈辱だ……！　まさかこの我が、人間の下僕として働かされるなど……！」

歯を食いしばって悔《くや》しさを表しているエルヴァーナを見て、春重はわずかに心を痛めた。

しかし、時にビジネスでは、心を鬼にする必要がある。

相手に同情して、自らの利益を減らすような真似《まね》は、決して褒《ほ》められることではないのだ。

「よし、じゃあ戻ろう」

この場から退散しようとして、春重は思い出す。

「そう言えば、神崎《かんざき》たちは大丈夫なのか？」

「「あ……」」

必死すぎて、全員忘れていた。

三人は、慌てて倒れ伏したアブソリュートナイツのもとに駆け寄る。

幸い、レオンたちは一命を取り留めていた。

春重は彼らの持つポーションを使い、ＨＰを危険域から回復させる。

「ふう……残すは神崎だけど……」

「……腕はもうどうしようもないだろうな」

エルヴァーナに投げ飛ばされたレオンを連れてきた桜子は、彼を雑に地面に転がした。

片腕がなくなっているため、外見はなんとも痛々しいが、桜子も真琴も、彼に対して一切《いっさい》の同情を感じていなかった。

「ふん、我にかかってきた罰じゃ。絶対謝らんぞ！」

「別に謝る必要はないよ。彼らとエルヴァーナは敵同士だったんだ。こうなるのも仕方ない」

「……」

ばつの悪そうな顔をしているエルヴァーナを見て、春重は苦笑する。

意思が芽生えたのは最近と言っていたエルヴァーナ。精神面に幼さを感じ、その外見も相まって、どこからどう見ても子供にしか見えない。

「とりあえず、死者がいなくてよかった。彼らを連れて、俺たちも一度外に出ようか」

一度ゆっくり休みたい。そんな思いから出た提案だったが、春重はとある疑問にぶつかり、顔をしかめた。

「？　春重さん、どうしました？」

「エルヴァーナを外に連れ出したら……このダンジョンってどうなるんだ？」

「……あ」

エルヴァーナは、このダンジョンのボスである。

ボスを倒されたダンジョンは崩壊し、以前の姿を取り戻す。

ここで疑問なのは、討伐以外の方法で、ダンジョン内からボスがいなくなったとき、ダンジョンは残るのか、それとも消えてしまうのか。

「……私は、消えると思う」

桜子がそう呟《つぶや》く。

「ダンジョンは、ダンジョンボスを核にしている。核が外に出て、ダンジョンが維持される理屈が分からないからな」

「確かに……」

理屈的に言えば、心臓を摘出《てきしゅつ》した状態で、生命を維持できるのかという話である。

もちろん、そんなことができるはずがない。

一応、春重はエルヴァーナのほうを見てみる。

「……我は知らんぞ」

「だよなぁ」

彼女が嘘《うそ》をついていないことは、依然として判断がつく。

春重は頭を抱えそうになった。このままでは、ダンジョンを出るわけにはいかない。

「……残業かな、こりゃ」

春重は天を見上げ、億劫《おっくう》そうに呟いた。

第四十話　探索者としての人生

アブソリュートナイツの連中を先に転送したあと、エルヴァーナを連れた三人は、引き続き探索を続けていた。

そして、数時間後――――。

「それじゃ……つけてみるぞ」

「ああ……」

春重《はるしげ》は八十七階層で見つけた解呪の腕輪《ディスペルバングル》を、桜子《さくらこ》の腕に通す。

「……何も起きませんね」

固唾をのんで二人を見守っていた真琴《まこと》が、首を傾《かし》げる。

桜子の話では、効果を発揮した腕輪はすぐに砕け散るとのことだったが、待てど暮らせど何も起こらない。

名前：九重《ここのえ》桜子

種族：人間
年齢：24
状態：命令実行中
ＬＶ：１４５
所属：NO NAME

ＨＰ：３２４４／３２４４
ＳＰ：３５６１／３５６１

スキル：『太刀（ＬＶＭＡＸ）』『鑑定』『精神耐性』『緊急回避（ＬＶＭＡＸ）』『索敵（ＬＶＭＡＸ）』『反応速度向上』『直感』『空間跳術《くうかんちょうじゅつ》（ＬＶＭＡＸ）』『腕力強化』『脚力強化』『属性耐性』『体術（ＬＶＭＡＸ）』『毒耐性』『痛覚耐性』『集団戦適性』『一騎打ち適性』『集中』『闘志』

「……変わってないな」

「マジか……」

春重は肩を落とす。

「きひひっ！　支配者の力がそんなちっぽけな腕輪でどうにかなると思ったのか！　バカじゃのう！」

「……こいつ、斬ってもいいか？」

刀に手をかける桜子を、春重と真琴が全力で止める。

いや、春重自身、薄々分かってはいたのだ。この力は、呪いなどではない。この世の理《ことわり》よりも、さらに上の力ではないかと。たとえるならば、システムハックに近い。

「……使えないと分かれば、ここにはもう用はない。外に出ようか」

「なんだか、久しぶりな気がしますね」

「何日もこのダンジョンにいたんだし、そう思うのも仕方ないな」

苦笑いを浮かべながら、春重と真琴は、いまだ睨《にら》み合《あ》っている桜子とエルヴァーナを連れて、九十階層にある脱出ポイントへ向かう。

台座の上に青白い魔法陣が広がっているこのオブジェクトこそが、ダンジョンの外にワープできる装置である。もちろん、これもどういう原理かは分かっていない。

「……これ、エルヴァーナも一緒に外に出られるのか？」

「さあな。何か命令しておいたほうがいいんじゃないか？」

「確かに」

春重は、エルヴァーナに対して『ここに取り残された場合、自分の足で新宿ダンジョンを出ろ』

という命令を下す。当然、エルヴァーナは極めて嫌そうな表情を浮かべた。

「我に命令するな！　不快じゃ不快じゃ！」

「駄々をこねるなって……よし、行こう」

こうして四人は、脱出ポイントの上に立つ。

するとすぐに魔法陣の光が強くなり、四人の体を飲み込んだ。

「ん……？」

やがて光が収まると、そこは日に照らされた地上だった。

数多《あまた》の冒険者、そしてN新宿駅が見える。

「そ、外だ……！」

真琴が歓喜の声を上げる。

その次の瞬間、転びそうになるほどの地響きが、彼らを襲った。

「あー、我が外に出たからか」

三人と一緒に外に出たエルヴァーナが、自分の巣である新宿ダンジョンを眺《なが》めながら、そう告げた。

新宿ダンジョンは、主を失ったことで崩壊のときを迎えていた。辺りは騒然としており、パニック状態になっている。

ダンジョンが崩壊したということは、最深部にいるダンジョンボスが討伐されたということ。現状国内最強パーティであるアブソリュートナイツですら、最深部にはたどり着いていないわけで、他に到達報告もない以上、この新宿ダンジョン崩壊は多くの人々――――いや、日本という国において、対処が追いつかない非常事態であった。

「これ、一応俺たちが攻略したってことになるのかな」

「なるんじゃないか？　ギルドに報告すれば、報酬がもらえるかもな」

「でも、ボスを倒したって証明ができないよな……」

「ああ、そうか。じゃあ、こいつの腕でも斬り落とすか？」

「だ、ダメだ桜子……！」

桜子は、やたらとエルヴァーナを目の敵にしている。

現状、もっともレベルの高いエルヴァーナに対し、彼女は対抗意識を燃やしていた。いつかひとりでもこのレベルのモンスターを倒せるようになる。それが今の彼女の目標である。

「どうでもいいが、我は腹が空いたぞ」

殺意を向けられていることを知ってか知らずか、エルヴァーナの腹が盛大な音を立てる。

「お腹空《なか》いたって……モンスターって、空腹とか感じるんですか」

「そりゃそうじゃろ」

「で、でも、ボスって自分のテリトリーから出られないんですよね？　食事はどうしてたんですか？」

「知らん。我がテリトリーから出られるようになったのは、意思を持ってからじゃ。それからはテリトリーの近くにいる魔物を片っ端から食らっておったわ」

「……なるほど」

九十階層以上に住むモンスターを片っ端から食らい尽くすなんて、こんなに可愛《かわい》らしい外見をしていても、やはり中身は最強のモンスターというわけだ。真琴はそれを再認識して、顔を引《ひ》き攣《つ》らせた。

「とにかく！　我は肉を所望する！　ハルシゲ！　さっさと連れてけ！」

「ちょっ……肉って……」

エルヴァーナに腕を引っ張られた春重は、真琴と桜子の顔を見る。

「……そう言えば、俺もなんか腹が減ったな」

春重がそう言うと、彼女たちは顔を見合わせて笑った。

「そうだな。私も腹が減った」

「私もです！　せっかくですし、打ち上げでも行きませんか？　手に入ったものは、そんなに多くないですけど」

確かに、春重たちが今回の探索で手に入れたものは少ない。

解呪の腕輪の効果は期待外れだったし、ボスを倒していないから討伐報酬もないし、探索者としての名声も得られていない。

それでも、ひとつの大きな難関を、全員の力で乗り越えることができたのだ。

彼らの心は、達成感で満ちていた。

「ははは っ、よし、焼肉でも行くか」

「せっかくですし、穴熊《あなぐま》さんも誘いませんか？」

「いいね、それ」

春重は、仲間と共に崩壊していく新宿ダンジョンをあとにした。

ダンジョンとは何か。

未解明兵器《アンノウンパーツ》とは何か。

モンスターとは、探索者とは、スキルとは何か。

そして――――支配者とは何か。

謎は深まるばかり。しかし、それでも彼らは戦う。

すべては、サラリーマンという人生を失った代わりに手に入れた、探索者としての人生を歩んでいくため。

山本《やまもと》春重（三十八歳）の伝説は、まだ、始まったばかりである。

あとがき

初めましての方は初めまして。岸本和葉《きしもとかずは》と申します。

この本を書こうと思ったのは、新宿《しんじゅく》駅や渋谷《しぶや》駅で、何度も迷子になったことがきっかけでした。

決して方向感覚に自信がないわけではありません。

それでも、私は何度も迷子になりました。

目的地とは関係ない出口から出て、すごい遠回りをしたことは数知れず。

脱出できた日は、まだマシです。本当にキツイときは、出口すらまともに見つけられませんでした。

そんなとき、誰かが、駅のことをダンジョンと言っていたのを思い出しました。

ここにモンスターがいたら、自分はとっくに死んでいるなぁ……と、なんとなく思いました。

この作品は、自分のそんなネガティブな発想から生まれたものです。

しかし、主人公が自分と同じように貧弱だったら、意味がありません。モンスターに食われることくらい、私にだってできます。

なので、ダンジョン攻略を円滑に進めるためのスキルを持たせてみました。

私のように、駅で迷ってしまう方、安心してください。その駅にモンスターはいません。トラップもありません。焦らず、冷静に、近くの駅員さんを頼ってください。
という雑談を挟んだところで――――。
本作に関わってくださった方々、そして読者の皆様、本当にありがとうございます。
次巻がありましたら、またお会いしましょう。

Kラノベブックス

スキル【万物支配《ワールドテイム》】に目覚《めざ》めたおっさんは、ダンジョンで生計《せいけい》を立《た》てることにしました
～無職《むしょく》から始《はじ》める支配者無双《しはいしゃむそう》～

岸本和葉《きしもとかずは》

2025年1月29日第1刷発行

発行者	安永尚人
発行所	株式会社 講談社 〒112-8001　東京都文京区音羽2-12-21
電　話	出版　(03)5395-3715 販売　(03)5395-3608 業務　(03)5395-3603
デザイン	木村デザイン・ラボ
本文データ制作	講談社デジタル製作
印刷所	株式会社ＫＰＳプロダクツ
製本所	株式会社フォーネット社

KODANSHA

ISBN978-4-06-537732-1　N.D.C.913　317p　19cm
定価はカバーに表示してあります

ファンレター、
作品のご感想を
お待ちしています。

あて先
〒112-8001　東京都文京区音羽2-12-21
(株) 講談社　ライトノベル出版部 気付
「岸本和葉先生」係
「吉武先生」係

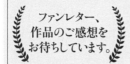

Kラノベブックスf

死に戻りの幸薄令嬢、今世では最恐ラスボスお義兄様に溺愛されてます

著:柚子れもん　イラスト:山いも三太郎

義兄に見捨てられ、無実の罪で処刑された公爵令嬢オルタンシア。
だが気付くと、公爵家に引き取られた日まで時間が戻っていた！
女神によると、オルタンシアの死をきっかけに義兄が魔王となり
混沌の時代に突入してしまったため、時間を巻き戻したという。
生き残るため冷酷な義兄と仲良くなろうと頑張るオルタンシア。
ツンデレなお兄様と妹の、死に戻り溺愛ファンタジー開幕！